後世に語り継ぎたい

御製と御歌

『後世に語り継ぎたい御製と御歌』刊行に寄せて

元宮内庁掌典長　楠本祐一

宮中祭祀の御奉仕をさせていただいてゐる際に深く心に響くものがある。それは陛下が賢所で奏上される御告文である。国安かれ、民安かれと全身全霊で奏上されるお祈りのお言葉はいつも特別の響きを伴って、静寂な賢所を満たす。日本人は古来「言霊信仰」を有してきたと言はれてゐるが、「言の葉」には特別の祕められた威力があることをいつも実感させていただいたことは洵に有難い貴重な経験であった。

わが国において陛下の「祈りの言葉」とともに皇室に伝はってきたものが「和歌の言葉」であらう。万葉集、古今集、新古今集をはじめとして、皇室が古来大切にされてきた「和歌の言葉」「和歌の言葉に籠められた心」は、現在の宮中歌会始に至るまで連綿と伝へられてゐる。その中でも御製・御歌に籠められた深き御心には心打たれるものがある。今回の著作で取り上げられた百首の御製・御歌の一首一首の中に、国のこと、民のことに思ひを寄せられ、自然、季節の移ろひの中に何か大切なものを感じ取られる、その御心の深さ、豊かさ、温かさ、優しさには心奪はれるものがある。

五七五七七の和歌の世界は日本の文化、伝統の精髄とも言へよう。また和歌に籠められた古人の心が悠久の歴史の中で変はることなく現代にまで伝へられ、現代人が今でも素直に共感できることは、文学の世界でも比類なきことと言へよう。このやうな「日本の良さ」「日本らしさ」を伝へる、民族的財産とも言へる和歌の世界の伝統を一貫して守ってこられた皇室の御偉業の大きさに改めて深い感銘を覚える。

「天皇と祭祀」「天皇と和歌」から思ひ浮かぶのは天皇の御存在の本質であらう。君主、国のリーダーと言へば、まづ政治的権力と財力を掌握してゐるのが通例であるが、わが国における天皇の御存在は本質的には常に国のため、民のため、平和と安寧を祈られる超越した御存在である。また和歌の世界を通じて古より国の民と心を共有することに努めてこられた特別の御存在であることが明らかになる。その意味でも、今回の公刊を通じて、多くの人々が御製・御歌の中に天皇の御存在の本質を見出し、理解を深める機会になることを期待するものである。

今わが国はじめ世界は大きな時代の激変期にあるやうに思はれる。グローバル化、情報化が進展し、豊かさ、快適さ、便利さを追ひ求める物質文明の独走に歯止めがかからなくなってゐる。自然は疲弊し、社会の秩序・倫理は弛緩し、人心の荒廃が進んでゐるやうである。わが国を取り巻く世界の情勢も憂慮すべき状況にある。このやうな状況下で求められてゐるのは、何よりも「祈りの心」「和歌の心」にみられるやうな心の安らぎではなからうか。自然と共存しつつ自然の中に何か大きなもの、大切なものを感じ取ってゐた日本人の感性を再評価することが大切なのではないだらうか。

本書の公刊を通じて、多くの人々が御製・御歌一首一首に籠められた日本の心、精神を再認識し、この混迷の世の中を生きていく心の糧とならんことを念ずるものである。また、このやうな日本の心、精神が世界の平和、繁栄、諸民族の安寧にもつながっていくことを心から祈念するものである。

令和四年十一月吉日

一月

年立ちてまづ汲みあぐる若水の
すめる心を人は持たなむ

――大正天皇御製――

一月一日早朝に執りおこなはれる皇室祭祀「四方拝」をお詠みになられた、「もろもろの民安かれの御いのりも年のはじめぞことにかしこき」といふ一首をはじめ、大正天皇の御製には年始めに思はせて戴きたくなるものが多くございます。掲出の三十一（みそひと）文字もそんな御製です。「年立つ」は「新年を迎へる」といふ意味の言葉。年が明けて、初めてお汲みになられた清らかな水。その澄みわたる清廉さを御覧遊ばされつつ、こんな澄んだ心を人は持ちたいものだとお考へになられていらっしゃった大正天皇。「年立ちてまづ汲みあぐる若水のすんだ」姿に反応なさることがおできになるのは、御心の麗しさの証なのだと存じます。大正天皇には、「天の下くまなくてらす秋の夜の月を心のかがみともがな」「山水の清きながれを朝夕にききてはすますわが心かな」といふ御製もございます。天地（あめつち）の恵みのやうな美しい月影や清らかな水から在るべきお姿を学ばれようとされていらっしゃった大正天皇の御心。

「庭の面にもえたる蓬つみためてさきのみかどにそなへまつらむ」とお詠みになられたのは大正三年のことでした。亡き父君である明治天皇の御霊に御自身でお摘みになられた蓬をお供へされてゐた御心こそ、「若水のすめる心」そのものなのだと存じます。大正天皇の御心や御製から学ばせて戴くべきもの。それは、この澄んだ音色のやうな清らかさ、さらには孝養の心なのではないでせうか。

つれづれの友となりてもなぐさめよ
ゆくこと難き我にかはりて

――貞明皇后御歌――

御紹介させていただいた御歌は、大正天皇の皇后であらせられた貞明皇后が昭和七年十一月十日、ハンセン病患者を慰めるためにお詠みになられた五首のうちの一首です。貞明皇后は、昭憲皇太后の御心を継承なさり、ハンセン病患者の支援にも尽力された生涯でございました。毎年、御下賜金を贈られ、御所の庭の楓の苗も全国の療養所に御下賜されていらしたのです。

「楓よ、どうか大きくなって私の代はりに淋しき日々を過ごされてゐる方々のお心を慰めてくださいませ」といふ思召しでお詠みになられた御歌。御自身のお印である「藤」ではなく、昭憲皇太后のお印の「楓」を贈られてゐたところに貞明皇后の坤徳が偲ばれます。

「敷島のやまとの国を貫けるまことの道を進むたのしさ」「われも人も命ある身を喜びて日ごとの業にいざいそしまむ」といふ御歌もお詠みになられてゐた貞明皇后。ハンセン病を患った歌人として知られる明石海人は、当時の皇太后さまの御心に感謝の意を表し、「そのかみの悲田施薬のおん后今も坐すかとをろがみまつる」「みめぐみは言はまくかしこ日の本の癩者に生れて我が悔ゆるなし」といふ歌も残しました。

日本最初の知的障碍者の施設への支援も生涯に亙って続けられた貞明皇后は、大正天皇崩御後は午前と午後の一日二回、御真影の安置されたお部屋で過ごされたと語り継がれてをります。

園児らとたいさんぼくを植ゑにけり
地震ゆりし島の春ふかみつつ

――上皇陛下御製――

平成最後の新年を迎へる際、改めて思ひおこされたのは両陛下が全国各地の被災地を丹念に丁寧にお巡りくださったお姿です。掲出歌は平成十四年の歌会始で発表された御製でした。被災した地域が復興していくことを御祈願くださり、幼稚園児と共にお手植ゑくださったたいさんぼく。平成二十八年には熊本地震の被災者をお見舞ひくださった際のことを、「幼子の静かに持ち来(こ)し折り紙のゆりの花手に避難所を出づ」とお詠みになられていらっしゃいます。平成二十三年には仮設住宅で暮らす人々に御意を馳せられ、「被災地に寒き日のまた巡り来ぬ心にかかる仮住まひの人」といふ御製も公表されました。常に民の痛みをわがこととしてお感じくださる大御心を私たちは忘れません。

平成二十六年には、「来たる年が原子爆弾による被災より七十年経つを思ひて」といふ詞書のついた、「爆心地の碑に白菊を供へたり忘れざらめや往(い)にし彼(か)の日を」といふ御製もお詠みになられました。平成十七年の歌会始では「戦(いくさ)なき世を歩みきて思ひ出づかの難(かた)き日を生きし人々」といふ御製を発表されてをられます。

上皇陛下の御製には民に寄り添ってくさだる御心とともに、日本がもう二度と戦争を起こさないことを強く希求なさる御心が伝はります。民を愛し、平和を尊ばれた上皇陛下。「平和天皇」――後の世の人は上皇陛下のことをそんなふうに語り継ぐのかもしれません。

雪のうちに春は来にけりうぐひすの
こほれる涙いまやとくらむ

——清和天皇女御尊称皇太后高子御歌——

第五十六代・清和天皇の女御としても、陽成天皇の御母としても名高い高子様は和歌に優れたかたとして知られてをります。御紹介申し上げた御歌は『古今和歌集』に入集なさった作品です。「まだ雪の降り残るうちに春はやって来たのですね。谷間に籠ってゐた鶯の凍ってゐた涙も今はとけてゐるでせうか」といふ歌意です。『新撰朗詠集』『定家八代抄』などにも収められた誉れ高き御歌。この御歌を踏まへ、鴨長明の師である俊恵は「春来ぬとけさ告げ渡る鶯は涙の氷まづやとけぬる」と詠み、『千載和歌集』の撰者で藤原定家の父俊成も「年暮れし涙のつららとけにけり苔の袖にも春や立つらむ」といふ歌を残してゐます。

高子様のお屋敷には屏風に和歌や大和絵が描かれ、文屋康秀、素性法師、在原業平ら、錚々たる歌人との交流がございました。仁明天皇からの御信任が篤かった藤原長良様がお父様でいらっしゃる高子様。お父様は高潔にして貴賤を問はず多くの人々に慕はれた名臣です。「春告鳥」と呼ばれる鶯は『万葉集』ではほととぎすに次いで多く詠まれた鳥です。梅とセットで詠まれることも多い鶯の「涙」に着目された高子様の詩心。『古今和歌集』仮名序で「花になくうぐひす水にすむかはづのこゑをきけばいきとしいけるものいづれかうたをよまざりける」と記した紀貫之の心にもこの御歌が意識されてゐたことでせう。梅が咲き始める頃にはぜひとも思ひおこしたい早春の御歌でございます。

あら玉の年の明けゆく山かづら
霞をかけて春は来にけり

――順徳天皇御製――

『小倉百人一首』にをさめられた「ももしきや古き軒端のしのぶにもなほあまりある昔なりけり」の御製でも名高い順徳天皇。

「あら玉の」は「年」にかかる枕詞ですが、「あら玉の年」とくると通常は新年を意味します。「山かづら」は山野に生え、茎は地を這ふ常緑多年生の羊歯(しだ)です。この植物で編んだ髪飾りは古来、大嘗祭や新嘗祭の御神事にも用ゐられてきました。かづらは「鬘(かづら)」。髪飾りのことです。「山かづら」は『万葉集』にも登場する植物です。明けがた、山の端(は)にかかる白雲のことも「山かづら」と表現することがございます。

掲出歌は、山の端にかかる朝霞を山が頭につけた髪飾りに見立ててお詠みになられた御製です。「霞をかけて」の「かけて」が、「髪飾りをかける」に通じる縁語表現です。「新年があけてゆく暁の天空。山の頂上(いただき)に美しい髪飾りのやうな鬘(かづら)をつけて、春がやって来たのだ」といふ御製です。帝位に坐されるかたの風格ある新春詠として語り継がれてまゐりました。幼少期から藤原定家に歌を学ばれた順徳天皇は、御自身でお撰びになられた『順徳院御集』(紫禁和歌草)の他、歌学書『八雲御抄』もお書きになられていらっしゃいます。朝廷古来の法令等を探究する『禁祕抄』を著されたことでも知られてをります。勅撰和歌集に百五十首以上をさめられていらっしゃる順徳天皇。四季折々にさまざまな御製をお詠みになられてゐます。

わが君がめぐみあまねき御代にあひて
さかゆる国の民や楽む

——光格天皇皇后欣子内親王御歌——

「新清和院」の女院号でも知られた光格天皇皇后欣子様。第百十八代・後桃園天皇の第一皇女であらせられました。お生まれになられた年に父帝が、数年後には母君が崩御されたため、桃園天皇の女御でいらっしゃった祖母の恭礼門院の御庇護をお受けになられました。掲出歌にお詠みになられた「わが君」は、近代天皇制に移行するための礎を築かれた名君として名高い光格天皇です。博識で、長く跡絶えてゐた朝儀の再興にも御尽力なさった光格天皇。和歌をたいへん尊ばれました。そんな「わが君」のおそばにいらっしゃった欣子様も、歌道に邁進なさり、多くの御歌を残されてゐます。「あらたまの年の初音をうぐひすや君がみがきの松に告ぐらむ」といふ新年の御歌。「国民もをさまれる世のときなりといはふ心はつきせざるらし」といふ「寄世祝言」の御歌。「吹きそめてのどけき園の春風にまづ咲く梅の香ににほふらし」といふ百花の魁「梅」をお詠みになられた御歌。

掲出歌は、「わが君」であらせられる光格天皇の恵み豊かな御代を迎へ、栄える国民の暮らしもすばらしいものであってほしいと御祈願くださる御心を詠まれたものです。国民の繁栄を御祈願なさり、言挙げしてくださった一首を令和最初の初春月に御紹介申し上げました。寛政九年三月五日和歌御会始でお詠み遊ばされた御歌。幕府の権力が強かった時代にもこんなお思ひでいらしてくださった御心を忘れずにありたく存じます。

世を思ふわが末まもれ石清水
きよきこころのながれ久しく

——後宇多天皇御製——

両統迭立の時代に、もう一方の花園天皇から「天性聡敏」とも「末代の英主」とも讃へられた第九十一代・後宇多天皇。学問を尊ばれ、和歌にも深い造詣をおもちでいらっしゃいました。訴訟制度の効率化を進めるなど、古来、賢帝として語り継がれます。

　掲出歌は「世が平和であれと祈り願ふ子孫たちをどうぞお護りください、石清水の神よ。その御名のごとく、清らかな心の流れがいついつまでも続きますやうに」といふ歌意の御製です。「今もなほ民のかまどのけぶりまでまもりぞすらむ我が国のため」「天つ神国つやしろをいはひてぞわが葦原の国は治まる」「いとどまた民やすかれといはふかな我が身世に立つ春の始（はじめ）は」といふ御製もお詠みになられた後宇多天皇。治天の君とは大御宝である国民があってこそだといふことを認識されたかたでした。

　二度の院政時代には、二条為世に命じられ、『新後撰和歌集』『続千載和歌集』を奏覧されました。勅撰和歌集には百四十首以上もの御製が入集されてゐます。「しろたへの色よりほかの色もなし遠き野山の雪の朝明け」など、わかりやすい言葉で心に残る歌をお詠みになるのはたやすいことではございません。第二皇子の後醍醐天皇の時にも院政をされましたが、やがて院政を廃止なさり、後醍醐天皇の親政が始まりました。民衆救済活動にも御尽力なさった後醍醐天皇の大御心には偉大なこの父君のうしろ姿があったのだと存じます。

春あさみ風はさゆれど日だまりに
はやももえたり菊の若芽は

——香淳皇后御歌——

掲出歌は昭和三十一年の歌会始で発表された香淳皇后の御歌です。「さゆ」は「冴える」の文語形で「寒さが厳しくなる、しんしんと冷え込む」の意味に用ゐられます。「春まだ浅く、風はまだしんしんと冷え込んでゐるけれど、日だまりには早くも菊の新芽が萌え出てゐる」といふ歌意です。どんなに寒い季節でも着実に次の季節の新芽が芽吹く姿を御覧遊ばされてお詠みになられた御歌でした。

新型コロナウイルスの急激な感染拡大が年のはじめから続く令和三年。けれども、そんな中でも希望の萌芽がどこかに芽吹いてゐるのかもしれません。懸命に治療を続ける医療従事者への感謝の手紙を書く七歳の少年の指先。解雇された人たちを一人でも多く再雇用しようと尽力する企業経営者のまなじり。かうしたものも新たな時代への希望の「若芽」なのだと存じます。

香淳皇后は昭和三十四年九月、更生保護事業関係者に次のやうな御歌を御下賜くださったことがございました。「きずつきし心の子らをいだきよするはともなりていつくしまなむ」。さまざまな事情のある少年少女の社会復帰のために尽力する保護司やボランティアの人々に御心をお寄せになられた御歌。もし今、御健在でいらっしゃったら、コロナ禍で尽力する全国の医療関係者のかたがたにも特別な御歌をお贈りくださったのかもしれません。いつの時代にも「菊の若芽」が人々のこころを潤すことを願ってやみません。

後世に語り継ぎたい御製と御歌

二月

君がため春の野に出でて若菜摘む
わが衣手に雪は降りつつ

――光孝天皇御製――

第五十八代の光孝天皇は、平安時代に編纂された歴史書『日本三代実録』の中で、「天皇少(わか)くして聡明、好みて経史を読む」と記されてゐます。和歌や音楽に秀でてゐて、宮中行事再興にも力を注がれたかたでした。

そんな光孝天皇の最もよく知られた代表歌といへば、やはり『小倉百人一首』にも選出された掲出歌でせう。『古今和歌集』の詞書には、「仁和のみかど、みこにおましましける時に、人に若菜たまひけるお歌」と記されてをります。「みこにおましましける時に」といふのは、「御即位される以前に」といふ意味です。「あなたに差しあげるため、まだ寒さの残る野原に出て、春の野草を摘みますと、吉兆である新春の雪がわが袖にしきりと降ってまゐります」といふ一首。寒さにも負けず萌え出る若菜は生命力の象徴です。薬にもなる野草を新春にいただくことで邪気を払ひ、健康を祈念する「新春の若菜摘み」は、古来、わが国でおこなはれてまゐりました。旧正月を迎へ、大地に草木(そうもく)が萌(きざ)す頃になると、この一首を思ひ出す人も多いのではないでせうか。時代を超え、この作品が愛誦されてゐるのは優れた調べにも一要素があるのだと存じます。さすがは和琴の名手でもある光孝天皇です。

『古今和歌集』のみならず、勅撰和歌集には十四首が採られていらっしゃる光孝天皇。藤原定家をはじめとしたさまざまな後の世の歌人(うたびと)もこの珠玉の一首を踏まへた和歌を詠んでをります。

逢ふことも今はなきねの夢ならで
いつかは君をまたは見るべき

――一條天皇皇后彰子御歌――

第六十六代・一條天皇の皇后であらせられる上東門院（皇后彰子）。第六十八代・後一條天皇、第六十九代・後朱雀天皇の国母としても知られてをります。『源氏物語』作者の紫式部、さらには和泉式部、『小倉百人一首』の「いにしへの奈良の都の八重桜今日九重に匂ひぬるかな」の作者・伊勢大輔ら、錚々たる歌人が上東門院のもとには出仕してをりました。

『新古今和歌集』にをさめられてゐる掲出歌は、一條天皇が崩御された後、わづかに夢でお姿を拝見できた際にお詠みになられたものです。「なきね」に、「無き」と「泣き寝」が掛けられてゐることは語るまでもないでせう。「お逢ひすることは現実にはあり得ず、泣き寝入りしての夢でわづかにお姿を眺めるばかり。いつか夢ではなく本当のあなた様に再びお会ひできますでせうか」といふ御歌。

『後拾遺和歌集』には、一條天皇崩御後、幼い親王が父に先立たれたことも知らず撫子の花をお取りになられたのを御覧あそばされて、「見るままに露ぞこぼるるおくれにし心も知らぬ撫子の花」と上東門院がお詠みになられた御歌もございます。「撫子」には、「(頭を) 撫でし子」のイメージが重ねられてゐるのでせう。「露」は古来、「涙」を暗喩致します。わづか三十一文字に幾種類もの思ひを縫ひ、編み込めながら、大事な御心をお詠みになられた御歌。澄んだ空の向うで今、御家族が睦まじくお暮しになられてゐることを願ふばかりでございます。

故郷となりにし奈良のみやこにも
色はかはらず花は咲きけり

――平城天皇御製――

第五十一代・平城天皇は桓武天皇の第一皇子として宝亀五年八月十五日にお生まれになられました。御即位後は観察使を諸道に派遣され、平安京造営事業後の地方情勢に御心をお配りになられるなど、律令制度の立て直しに力を注がれました。国家財政の破綻が懸念された時代、官司の整理や統廃合も実施なさり、官僚組織のスリム化もおこなって、政治や経済の立て直しに尽力されました。緊縮財政を執りおこなはれる一方、中・下級官人の待遇改善も指示されていらっしゃいます。

掲出歌は、そんな平城天皇の『古今和歌集』にも収録された名高い御製です。『今鏡』『新撰和歌』『定家八代抄』等にも採択された御製。「奈良のみやこ」は語るまでもなく長岡京に遷るまでわが国の都であった平城京です。平城京跡は遷都後、間もなく田園となったと語り継がれます。そんな故郷の風景をお詠みになられた平城天皇。人の暮らしがどう変はっても、同じ色で、同じ美しさや輝きをもって咲いてゐる花をどのやうなお気持ちで御覧遊ばされたことでせう。

紀貫之の「人はいさ心もしらずふるさとは花ぞ昔の香ににほひける」、藤原定家の「とまらじな四方の時雨の古郷となりにしならの霜の朽ち葉は」、源実朝の「古郷と成りにし小野の朝露にぬれつつにほふやまとなでしこ」などはこの御製を踏まへた派生歌として知られてをります。

六歌仙としても有名な平安時代の歌人・在原業平は平城天皇のお孫様です。

君はなほ散りにし花の木の本に
たちよらむとは思はざりけり

――後冷泉天皇皇后章子内親王御歌――

第七十代・後冷泉天皇は後朱雀天皇の第一皇子です。母君は摂政・藤原道長公の六女・嬉子様。乳母を紫式部の娘・大弐三位が務めてゐます。そんな後冷泉天皇から、「逢ふことはたなばたつめに貸しつれど渡らまほしき鵲（かささぎ）の橋」といふ御製を贈られたのが掲出歌の章子様です。「今日は七夕なので逢ふことは織姫様に貸してしまったけれど、願ひが叶ふなら私も『鵲の橋』を渡ってあなたのもとに行きたい」といふ歌意でございます。この御製を贈られた章子様は後一條天皇の第一子でした。御両親の寵愛をお受けになられたものの、幼くして御両親の崩御といふ現実に遭はれます。けれども祖母（一條天皇皇后・上東門院彰子様）の御庇護をお受けになられ、後冷泉天皇の皇后となられたのでした。祖母のもとには当時、紫式部や和泉式部ら錚々たる面々が集まる日々でした。章子様が歌を詠まれるのも当然の流れです。「あなた様はなほ散ってしまった花の木のもとにお立ち寄りくださるとは思ってもみませんでした」といふ御歌。

　道長公が栄華を誇り、一帝三后といふ時代。章子様は時代の状況をおくみになられ、持ち前の大らかさで後冷泉天皇に接してをられました。そんな章子様のことを後冷泉天皇は「あはれにありがたく」(しみじみ愛ほしく、滅多にゐない人だ）と思はれてゐたさうです。

　八十年の天寿を全うされた章子様。御陵は父君であらせられる後一條天皇とともに京都市左京区の菩提樹院陵にございます。

ふる雨のあまねくうるふ春なれば
花さかぬ日はあらじとぞ思ふ

――鳥羽天皇御製――

堀河天皇の第一皇子であらせられる鳥羽天皇は催馬楽や笛の達人として語り継がれてゐます。御生誕後間もなく母君が崩じられ、御祖父の白河法皇のもとでお育ちになられました。幼少期に父帝も崩御されたため、わづか五歳で御即位されていらっしゃいます。嘉承二年(一一〇七)のことでした。

永久二年(一一一四)、永久五年に内裏歌会も開催なさるなど、和歌の道も尊ばれた鳥羽天皇。『金葉和歌集』をはじめ、勅撰和歌集に八首入集していらっしゃいます。

掲出歌は旋律(しらべ)がよく、わかりやすく、一読して読者の心に刻まれるのではないでせうか。天から降る雨は大地を潤し、生きとし生けるいのちを育みます。その恵みにあまねく潤された春であるならば、花の咲かない日は決してないであらうといふ御製でございます。語るまでもなく、「雨」は「天(あめ)」にも通じます。天(あめ)の恵みが広くもたらされ、花咲くすばらしい日々が皆に到来することを御祈念くださった大御心。言霊の幸(さきは)ふ国。和歌として言挙(ことあ)げくださることで、本当にかうしたすばらしい御世を引き寄せてくださらうとなさったのだと存じます。

立春の頃にぜひとも思ひおこしたい御製です。時代を超え、日(ひ)の本(もと)の国では寒さの厳しい日々を経て、梅も桜も乾坤(けんこん)を彩ります。掲出歌は、花のことをお詠みになられつつ、実は人生へのエールをお詠みになられた御製だったのかもしれません。

春の日の長くなるこそうれしけれ
書（ふみ）をみるにも花をみるにも

——昭憲皇太后御歌——

明治天皇をお支へになられた御后である昭憲皇太后はさまざまな春の御歌を詠まれていらっしゃいます。掲出歌は明治三十一年の御歌です。

生涯に三万首以上の御歌をお詠みになられた昭憲皇太后。わかりやすい言葉で春の歓びを表されつつ、「長くなるこそうれしけれ」の中に、「こそ……已然形」の係り結びの法則を取り入れていらっしゃるなど、古典の御素養を感じずにはゐられません。早くから学問に御熱心でいらっしゃった昭憲皇太后は幼少期から『古今和歌集』をお読みになられていらっしゃいました。下句の「書（ふみ）」と「花」とを並列されていらっしゃるところも軽快な旋律（しらべ）となり、この御歌は愛誦性のある作品として今後も語り継がれることでせう。春の日が少しづつ伸び、三寒四温であたたかくなる時期の昂揚感や朗らかな雰囲気を感じさせてくださる御歌です。

明治二十二年に、昭憲皇太后は「ひらけゆくまなびのまどの花ざくら世ににほふべき春をこそ待て」といふ御歌もお詠みになられました。赤十字などの慈善事業に大きな御貢献をされた昭憲皇太后は、現在の学習院女子高等科やお茶の水女子大学の設立にも御尽力なさるなど、女子教育に力を注がれた皇后として知られます。日本最初の校歌は昭憲皇太后が女学校に下賜された御歌です。学び舎を巣立つ、桜花にも喩へたくなる女学生たちにお贈りになられた春の御歌も残る昭憲皇太后。花咲く季節に思ひおこしたい御歌です。

岩戸あけし神代おぼえて天つ空
日かげうららに春は来にけり

——仁孝天皇御製——

この御製は「立春天」と題された、第百二十代・仁孝天皇の作品です。仁孝天皇は光格天皇の皇子、孝明天皇のお父上であらせられます。幕末が近づく動乱期でも身を律され、天子としてのありかたを前帝とともに摸索されたかたでした。本居宣長『古事記伝』をおそばから常におはなしになられなかったと語り継がれます。御即位後は、当時上皇でいらっしゃった前帝の御心をお受けになられ、朝儀復興にお力を尽くされました。「四方の海をさまる世とて国つ民にぎはひうたふ声もゆたけし」「天照らすかみのめぐみに幾代々も我があしはらの国はうごかじ」等、古典の御素養をお踏まへになられた御製を多く残されていらっしゃいます。

掲出歌の「おぼえて」は、『徒然草』や『源氏物語』にも用例のある古語「おぼゆ」の活用形で、「思はれる」「思ひ出される」といふ意味です。「天照大御神様の岩戸開きの頃のことが思ひ出されて、天空の日のひかりがうららかに感じられる春が来たことだなあ」といふ歌意です。立春の大空を仰がれつつ、うららかな陽射しから「天の岩戸開き」を連想されるところがまさに天子の御製なのだと存じます。

仁孝天皇の御製を拝読すると、いかにその後の孝明天皇や明治天皇の御製にも影響をお与へになってゐるのかを感じます。コロナ禍にあって、令和の空にもまるで岩戸がひらくかのやうな晴れ渡った春が到来することを願ってやみません。

かをとめてとふ人もなき梅園を
夜ごとにてらす月のかげかな

――貞明皇后御歌――

新型コロナウイルスの感染拡大防止のために緊急事態宣言が発令された令和三年早春。梅まつりを自粛した地域が全国各地にあったやうです。そんな中で思ひ出されるのは大正天皇とともに歩まれた貞明皇后の御歌でした。梅園を訪ねる人はなくても、その花の一輪一輪をまるで慈しむかのやうに夜ごと照らしてくれる月のひかり。そんな月と梅との交流を見逃されずに御歌としてお詠みになられた貞明皇后の坤徳をお偲び申し上げます。貞明皇后の御歌には関東大震災で被災した人々に寄り添はれた作品も残ってゐます。戦場に赴く看護師たちにもお思ひを馳せられ、「かなし子を人にまかせていくさ人すくひに出づるをみな悲しも」といふ御歌もお詠みになられました。「かなし」は「愛し」であり、愛しい我が子を人に任せて戦場へと向かはざるをえなかった人たちへの御心が伝はります。

御生誕後五歳まで氷川神社氏子の大河原家で里子としてお育ちになられた貞明皇后は、「昔わがすみける里の垣根には菊や咲くらむ栗や笑むらん」「ものごころ知らぬほどより育てつる人のめぐみは忘れざりけり」といふ御歌もお詠みになられました。コロナ禍で苦境に立つ人々が多い今、関東大震災の貧窮に苦しむ人々に寄り添はれた貞明皇后の御歌はきっと何かを感じさせてくださると存じます。梅にも夜毎に月のひかりが届くやうに、国民一人一人をお見護りくださる天のまなざしがきっとあるのではないでせうか。

後世に語り継ぎたい御製と御歌

三月

四方(よも)の海浪をさまりてのどかなる
我が日(ひ)の本(もと)に春は来にけり

——龜山天皇御製——

後嵯峨天皇の皇子であらせられる第九十代・龜山天皇が践祚（せんそ）されたのは鎌倉時代のことでした。院政時代に藤原為氏に勅撰集編纂を命じられ、弘安元年（一二七八）十二月二十七日に奏覧されたのが『続拾遺和歌集』です。藤原定家が二十九首採り上げられてゐる中、龜山院の和歌も『続拾遺和歌集』には二十首をさめられてゐます。

掲出歌の他にも、「世のためも風をさまれと思ふかな花のみやこの春のあけぼの」といふ御製もお詠みになられていらっしゃる龜山天皇。春になると思ひおこす御製です。また、「今もなほひさしく守れちはやぶる神のみづがき世世をかさねて」「ゆくすゑもさぞなさかえむ誓あれば神の国なるわが国ぞかし」といふ御製もございます。

「元寇」と呼ばれるモンゴル帝国及びその属国だった高麗王国が日本に襲来した際、龜山天皇の院政の御世だったため、龜山院もしくはその皇子であらせられる後宇多天皇が、「身をもって国難に殉ぜむ」との御祈願を伊勢神宮、熊野三山にお奉げくださったことが現在でも語られてゐます。「世のために身をばをしまぬ心ともあらぶる神はてらしみるらむ」とお詠みになられた大御心。国父として、国を護るために御尽力くださった御心は数百年の時を経て今なほ忘れずにありたいものです。人知れず、尊き祈りを重ねてくださるかたがあってこその今日（こんにち）。あらためて天を仰ぎながら春を寿ぎたく存じます。

うつろはぬ心の深くありければ
ここらちる花春にあへるごと

――嵯峨天皇皇后嘉智子御歌――

第五十二代・嵯峨天皇の皇后であらせられる嘉智子様は諡号の檀林皇后としても知られてをります。掲出歌は第六十二代・村上天皇が編纂を下命なされた『後撰和歌集』に収められた御歌です。

「みかどに奉り給ひける」といふ詞書の添へられた御歌。「こころちる花」は、「多く散る花」を意味することから、お年を重ねた御自身のことをあへて遜られた表現だと考へられてをります。「春にあへるごと」は、「春に逢ったかのやうに（散る心配がございません）」といふ意味です。「帝であらせられるあなた様は、たやすく御心を移ろはせるやうなかたではございませんので、私も春の盛りの花のやうに散る心配がございません」といふ御心を詠まれた作品です。「うつろふ」は「花」の縁語ですので、豊かな教養をあらためて読者に感じさせます。

嵯峨天皇は弘法大師、橘逸勢とともに「三筆」として知られたかたでした。平成二十九年に亡くなられた文化勲章受章者の杉本苑子さんは、昭和五十六年（一九八一）に『檀林皇后私譜』といふ本を書いてゐます。

飢ゑに苦しむ鳥や獣たちがゐたら、亡くなった後の御自身の御身体すらも役立ててほしいと語り残された伝承も残る国母様でございます。現在、出生伝承のある愛媛県松山市の井手神社の他、皇子（仁明天皇）をお授かりになったきっかけと語り継がれる京都の梅宮大社でもお祀りをされてをられます。

君も臣(おみ)も身をあはせたる我が国の
道に神代(かみよ)の春や立つらむ

——櫻町天皇御製——

第百十五代・櫻町天皇は中御門天皇の第一皇子です。令和二年、御生誕から三百年となられた櫻町天皇は江戸時代（八代将軍吉宗の時代）に御在位されました。江戸幕府との協調関係の中にも、朝儀復興に御心をおくばりになられ、大嘗祭や新嘗祭の復活に御尽力された天皇としても知られてをります。

和歌に優れられ、『櫻町院御集』『櫻町院坊中御会和歌』といふ歌集の他、『歌道御教訓書』といふ歌論も著されました。歌論書までお出しになられた天皇は御歴代の中でも貴重でございます。曽祖父であらせられる靈元天皇の御製を分類された『桃蘂類題（とうずいるいだい）』も名高い櫻町天皇。掲出歌は、「君臣の心が一つに溶けあった時、そこにはじめて神代さながらの日本の春がこの世に実現していくのだ」といふ歌意の御製です。時代を超えて、今後も長く語り継がれていくことでせう。「思ふにはまかせぬ世にもいかでかはなべての民の心やすめむ」といふ御製もお詠みになられた櫻町天皇。「なべての」は「すべての」の意味です。思ひ通りにならないこともある時代の中、「なべての民」の心の安らぎをたえず御祈念くださり、案じてくださった大御心を忘れずにありたいものです。

大御心は、時代を超えて今も「なべての民」の幸せを思ってくださるありがたさ。花々が乾坤（けんこん）を彩るすばらしい春が今年もやってまゐりました。

狭井河よ雲たち渡り畝傍山
木の葉さやぎぬ風吹かむとす

——神武天皇皇后媛蹈鞴五十鈴媛命——

初代・神武天皇の皇后として知られる媛蹈鞴五十鈴媛命様。明治二十三年（一八九〇）に、明治天皇によって官幣大社として御創建された橿原神宮の他、奈良県の狭井神社、熊本県の津森神宮、甲佐神社などでもお祀りされていらっしゃいます。

『古事記』では比売多多良伊須気余理比売の御名でも語り継がれます。父君は大物主神とも事代主神とも称される媛蹈鞴五十鈴媛命様。記紀によれば神武天皇御即位の前年に、初代天皇の正后として相応しいかたでいらっしゃいますと推挙されたのが「神の御子」であらせられる媛蹈鞴五十鈴媛命様でした。以後数十年にわたって共に歩まれた両陛下。

神武天皇崩御の後、皇子たちの身に危険が迫ったことを知らせるためにお詠みになられた御歌が掲出歌です。

「狭井川の方から雲が湧き広がり、木の葉がざわつく。すぐそこまで風が吹かうとしてゐる」といふ歌意の御歌。「畝傍山昼は雲と居夕されば風吹かんとぞ木の葉さやげる」の御歌とともに皇子たちに危機をお知らせになられたのでした。この御歌によって不穏な動きを察知された皇子のお一人が、後に第二代天皇となられた神沼河耳命様（綏靖天皇）でした。御歌でお子様をお助けになられた媛蹈鞴五十鈴媛命様は、古来「子守明神」と仰がれ、奈良県の率川神社の主祭神としてもお祀りされていらっしゃいます。

めづらしき海蝸牛（うみまひまひ）も海茸（うみたけ）も
ほろびゆく日のなかれといのる

——昭和天皇御製——

掲出歌は「有明海の干拓を憂へて」といふ詞書のついた昭和三十六年の御製です。「海蝸牛（うみまひまひ）」「海茸（うみたけ）」と、古来ほとんど和歌に詠まれることのなかった生物を大事に尊ばれ、御製に詠まれた大御心。ここまで一つ一つの生物種と丹念に向き合はれ、御製をお詠みになられた聖上がいらっしゃったでせうか。『相模湾産ヒドロ虫類』などの研究著書をお持ちでいらっしゃり、学者との共同研究として『那須の植物』『皇居の植物』などの御本も著されていらっしゃる昭和天皇。昭和三十七年に和歌山を訪問された際、「雨にけぶる神島を見て紀伊の国の生みし南方熊楠をおもふ」といふ御製をお詠みになられました。「歩く百科事典」と称され、昭和二年、昭和天皇に粘菌に関する御進講をおこなった南方熊楠は、明治末期に政府が主導した各地の神社を合併する神社合祀策に対し、鎮守の森が破壊されることで地域の生態系に影響が出てしまふと考へ民俗学者の柳田国男らとともに反対運動を展開しました。「世界に不要な命はない」と考へた熊楠の御進講を昭和天皇は神島で思ひ返されたのでせうか。

今、世界ではたくさんの動植物が絶滅を余儀なくされてゐます。人間の暮らしかたによる自然環境の変化を昭和天皇はどう御覧遊ばされていらっしゃることでせう。聖上がお持ちになられた命を尊ぶ温かな眼差しが今、地球規模で求められてゐます。今後も世界の人々に昭和天皇の御製を伝へ継ぎたく存じます。

泣きなげきさも人恋ひてながめしと
思ひ出でよよ夕暮れの空

——後宇多天皇皇后姈子内親王御歌——

掲出歌は「遊義門院」としても知られた、後宇多天皇皇后姈子様の御歌です。後深草天皇の皇女としてお生まれになられた姈子様は勅撰和歌集に二十数首の作品がございます。御紹介申し上げた御歌の「思ひ出でよよ」は、「思ひ出づ」の命令形「思ひ出でよ」に終助詞の「よ」をお付けになられた珍しい用例です。「泣いて、嘆いて、あんなにまで人を思ひながら、空を仰いでゐたと、あなただけでも思ひ出しておくれ、夕暮れの空よ」といふ歌意の御歌です。

新型コロナウイルス感染症が世界的な大流行となり、国内外に大きな影響が出てをります。学校の休校やプロ野球、サッカーJリーグの延期、大相撲の無観客での開催、さらには選抜高校野球大会の中止などが連日報道される中で迎へることとなった令和二年の三月十一日。東日本大震災から九年の歳月を経て、今なほ悲しみの中にゐる人々を思ひつつ、思ひおこしたのがこの御歌です。

もう一度会ひたくてたまらない人、たった一言でも言葉を交はしたい人、決して忘れることのできない人――そんな大切な人々と会へなくなってしまった悲しみは時代も国境も越えて共通なのだと存じます。いつの時代にも人々の営みを見守る天空。東日本大震災の発生時刻である午後二時四十六分に虹が出た地域もあったさうです。新型コロナウイルス感染症の大流行の一日も早い終熄を祈念申し上げつつ、天空を仰ぎ見る令和最初の花見月です。

つゆながら濃き紫のつぼすみれ
野辺の芝生に今朝は摘ままし

――桃園天皇御製――

掲出歌は第百十六代・桃園天皇が御年十二歳の時にお詠みになられた御製です。桃園天皇の父君は御製集『櫻町院御集』『櫻町院坊中御会和歌』の他、歌論書『歌道御教訓書』も著された櫻町天皇です。

延享四年(一七四七)に御即位後はわづか御年九歳で「ながめやる山もかすみてはつ春の雲井の庭はのどかなりける」といふ御製もお詠みになられた桃園天皇。好学の聞こえが高く、天皇・東宮にお仕へになり学問を伝授する学者（侍読）が感嘆したといふ逸話が残ります。

掲出歌の腰句の「つぼすみれ」は、小ぶりで可憐な花をつける多年草です。「つぼ」(坪)は「庭」を意味する言葉なので、庭に生えるすみれ、といふ意味です。決して出しゃばらず、いつしか大地を彩り、群れて素朴に咲くすみれ――かうした「つぼすみれ」に着目なさり、「野辺の芝生に今朝は摘ままし」(野辺の芝生で今朝は摘みたいものだなあ）とお感じになられた豊かな感受性が桃園天皇の御製の特色です。わづか二十二歳の崩御でなければ、四季折々にどれほど多彩な色彩や大地の息吹、この地上に生きる多様ないのちの物語をお詠みになられたことでせう。

花の可愛らしいつぼすみれはよく見ると葉もハートのかたちをしてゐます。大地がくれた、こんな小さな贈りものを見逃されない、桃園天皇に敬意を表しつつ、新たな春の到来を喜びたく存じます。

雲とみえ雪とまがひて吉野山
峯(みね)にもをにも花は咲きけり

――後村上天皇女御嘉喜門院御歌――

そろそろ吉野山の桜が楽しみな季節がやってきました。幾度となく吉野山を訪問し、「吉野山こぞのしをりの道かへてまだ見ぬかたの花をたづねむ」と詠んだ西行をはじめ、古来、多くの歌人（うたびと）がすばらしい吉野山の桜を讃へました。一目で千本とも礼讃される吉野山は平成二年に日本さくら名所百選にも選定されてゐます。御製や御歌に詠まれた吉野山といへば、嘉喜門院様の掲出歌を思ひ出す人もゐるのではないでせうか。「雲とみえ雪とまがひて」といふ調べも楽しい掲出歌。動詞選び一つをとっても天性の詩心と音楽性をお持ちでいらっしゃることがうかがへます。

「峯にもをにも」の「を」は山の低い部分を示す言葉です。ある時は白雲のやうに見え、またある時は天空からの白雪にも喩へたくなるほど麗しい桜。山の高い場所にも低い場所にも圧巻の桜が咲く様子をお詠みになられた御歌でした。「白雪のなほかきくらしふるさとの吉野のおくも春は来にけり」（白雪がなほ降るけれど、そんな古里の吉野の奥にも春がやって来たことだなあ）といふ御歌もお詠みになられた嘉喜門院様。雪が「ふる（降る）」と「ふるさと（古里）」を掛けてお詠みになっていらっしゃいます。嘉喜門院様の御歌に接すると、三十一文字の中に楽譜や音符が見えてくるやうな気が致します。日を重ねるごとに芽吹き、花々が咲く季節。千年以上にわたって国土を彩り続ける植物への敬意と感謝を思ひおこさせてくださる御歌です。

後世に語り継ぎたい御製と御歌

四月

風さゆるみ冬は過ぎてまちにまちし
八重桜咲く春となりけり

――昭和天皇御製――

四季折々に昭和天皇の御製を御紹介できたらと存じますが、やはり春はこの一首でございませう。昭和二十七年四月二十八日にお詠みになられた御製。サンフランシスコ講和条約が発効され、日本が独立した日にお詠みになられた作品です。同じ日に、「国の春と今こそはなれ霜こほる冬にたへこし民のちからに」といふ御製もお詠みになられてをられます。

「風さ（冴）ゆ」は、「風が冷たく身に染み通るやうに吹くさま」を表した言葉で、『新古今和歌集』などに用例がございます。腰句の「まちにまちし」と、あへて字余りで詠まれたところに御心が滲みます。「爆撃にたふれゆく民の上をおもひいくさとめけり身はいかならむとも」といふ御製もお詠みになられた昭和天皇にとって、この年の春はどれほど嬉しかったことでございませう。

約十年後にマッカーサー元帥が語った話によれば、終戦時、昭和天皇は「日本の戦争遂行に伴ふいかなることも全責任を負ひます。日本の名においてなされたすべての軍事指揮官、軍人、政治家の行為に対しても、直接に責任を負ひます」といふ趣旨の御発言をなされたさうです。民のために犠牲になることを厭はず、常に民を思ひながらの御選択をされた昭和天皇。自己保身のために部下に責任をなすり付けるやうな施政者とは対極にあらせられるかたでした。桜も八重桜も愛でることのできる国に生まれた幸せをあらためて思ふ春でございます。

朝なあさな色とりどりのばらの花
きりてささぐるみつくゑの上に

――香淳皇后御歌――

明治三十六年にお生まれになられた香淳皇后は平成十二年に崩御されるまで満九十七年の生涯を全うされました。九十七歳といふお歳は歴代皇后の中でも最長寿でいらっしゃります。この御歌は「花」といふお題でおこなはれた昭和四十五年の歌会始で発表なされた作品です。薔薇がお好きでいらっしゃった香淳皇后。昭和天皇の御意向で皇居のお庭は雑草もむやみに抜かず、自然の生育のままに任せてをられました。にも拘らず、唯一例外だった場所が香淳皇后の薔薇園です。御自身で鋏をお持ちになり、剪定作業をおこなはれてゐたと語り継がれます。「朝なあさな」色とりどりの薔薇の花をお奉げになられてゐた香淳皇后の御心。日本画やピアノもお好きだった香淳皇后のお想ひが偲ばれます。

この御歌が発表される二年前には両陛下で稚内市を御訪問され、戦争で犠牲になった九人の乙女の慰霊碑を御訪問されました。その際、香淳皇后は「樺太につゆと消えたる乙女らのみたまやすかれとただいのりぬる」とお詠みになられてゐます。当時、日本人司令官から早く引き上げなさいと言はれてゐた女性たち。けれども、樺太で電信の仕事に就いてゐた女性たちは「情報が必要でせうから自分たちは残ります」と最後まで仕事を続けて、犠牲になったのでした。一本一本の薔薇を慈しむ御心と一つ一つの命を大事に思はれる御心には通じるものがあるのかもしれません。薔薇の咲く季節に思ひ出したい御歌でございます。

千葉の葛野(かづの)を見れば百千足(ももちだ)る
屋庭(やには)も見ゆ国の秀(ほ)も見ゆ

――應神天皇御製――

第十五代・應神天皇は日本武尊様の御子様であらせられる仲哀天皇を御父君に、神功皇后を御母君におもちになられていらっしゃいます。大分県の宇佐神宮を総本宮とする八幡様の御祭神として全国四万社以上のお社でお祀りされてゐるともいはれます。第五十六代・清和天皇の御代に、石清水八幡宮にお祀りされて以来、清和源氏の氏神様として尊ばれてきました。源頼朝が鶴岡八幡宮に分祀してからは全国の武士や庶民の間にも分社が広がったと言はれてゐます。

掲出歌は八幡大神様として尊ばれた應神天皇の御製です。應神天皇の御製は『古事記』に五首、『日本書紀』に四首が伝承されてをります。「千葉の」は「葉がたくさん繁る」状態をお述べになられた言葉です。「千葉の」は葛野の枕詞でした。「百千足る」は「豊かに満ち足りた」状態を言ひ表します。「葉がたくさん繁った葛野の名にちなんだ『葛野』を見渡すと豊かに満ち足りてゐる民の家々が見える。すばらしい山々に囲まれた住みよい平原を見ることができる」といふ歌意の御製です。葛野は京都府宇治市の西あたりの地名でした。民の暮らしがいついつまでも「百千足る」ものであることを言挙(ことあ)げなさり、御祈念くださった大御心。この御父君のうしろ姿に学ばれ、天の日嗣とおなりになられたのが聖君と讃へられた仁徳天皇です。名高き「高き屋(や)にのぼりて見れば煙(けぶり)立つ民のかまどはにぎはひにけり」との御製の前に御父君の掲出歌が存在してゐたのです。

天(あま)つ日のてらすがごとくくまなきは

すめらみ国のひかりなりけり

――昭憲皇太后御歌――

「平成」から「令和」へ。新たな御世をお迎へするにあたり、あらためて御紹介申し上げたく思ったのは昭憲皇太后の御歌です。日本赤十字社の発展に御貢献なさり、明治四年には宮中で御養蚕をお始めになられるなど、後の皇后陛下の範になっていらっしゃる昭憲皇太后。天の日が分け隔てなく大地を照らしてくださるやうに、御歴代の天皇・皇后両陛下の御心がくまなくこの国をお見護りくださってゐることを思ひます。尊き「すめらみ国のひかり」は、「令和」の御世にも豊かに天地(あめつち)に満ち溢れていくことでせう。

生涯に約三万首の御歌をお詠みになられた昭憲皇太后は「さかえゆくいがきの松にみゆるかな皇国(みくに)をまもる神のこころも」といふ御歌もお詠みになられました。「みどり深く栄えゆく神苑の常盤(ときは)の松の姿に国を守護なさってくださる神々様の深い御心があらはれてゐます」といふ歌意の御歌です。「とりどりにつくるかざしの花もあれどにほふこころのうるはしきかな」(いろいろな花が頭の挿頭(かざし)となりますが、心の清らかさや誠実さこそが何よりものうるはしさです)ともお詠みになられた昭憲皇太后。御製や御歌とは御心の大地に実る果実なのだと存じます。

全国各地をお巡りくださった「平成」の両陛下に謹んで感謝申し上げつつ、昭憲皇太后のお詠みになられた「こころのうるはしさ」を「令和」の御世にしっかりお奉げできるやう、励んでまゐりたく存じます。

妹に恋ひ吾の松原見渡せば
潮干の潟に鶴鳴き渡る

——聖武天皇御製（『万葉集』より）——

新型コロナウイルス感染症の世界的な大流行にともなひ、地球全域に及ばうとする国々で感染者や死者が出てゐます。医療崩壊を起こしてゐる国々の惨状を目の当たりにするにつけ、思ひ出されるのは天平時代の疫病大流行です。天平七年（七三五）から九年にかけて疫病が大流行した日本。当時の人口の三割ほどにあたる百万人以上が感染によって死亡したとも語り継がれます。この時の天皇であらせられたのが第四十五代・聖武天皇です。首都平城京でも多くの感染者が出て、国政を担ってゐた藤原四兄弟も全員死去し、朝廷の政務が停滞しました。疫病以外に地震や飢饉もあったこの時代に聖武天皇は光明皇后（皇后天平応真仁正皇太后）とともにいくつもの救済措置を施されました。感染の拡がりを受け、税の免除を全国に拡大してくださった大御心。都並木をつくる際には飢ゑに苦しむ人々に役立てばと、梨や桃など実のなる木を植ゑてくださったと伝へられてゐます。

掲出歌は聖王と讃へられた聖武天皇がお詠みになられた御製です。「恋しく思って、次に会へる日はいつかと待つ――そんな『吾が待つ』の名をもった吾の松原を見渡すと、潮が引いた干潟を鶴が鳴き渡っていく」といふ歌意です。古来、鶴は愛する伴侶を思慕して鳴くとされました。この時代も今もどれほど多くの人々が疫病によって大事な人との別れを余儀なくされたことでせう。鶴の啼き声に耳を傾けずにはゐられない春です。

田にはたにいでぬ日もなきさと人の
身の労（いたつき）ぞおもひやらるる

――昭憲皇太后御歌――

新型コロナウイルスの猛威が世界中に拡がり、連日、地球各地で感染者数や死者数が報告されてゐます。わが国でも令和二年四月七日に政府から最初の「緊急事態宣言」が発令されました。

感染者が増え続ける中、国内外で医療関係者の献身的な尽力が続いてゐます。緊迫感の中での治療につぐ治療。院内感染を防ぐための懸命の共同作業。治療薬をめぐる渾身の探求や挑戦。自宅に戻ることができず、家族との時間も睡眠時間も犠牲にしながら、医療行為に従事する人々が多数ゐる現実。地球各地で多くの医療関係者も犠牲になってゐます。それでも医師としての使命感で一人一人の患者と向き合ふかたがたに、心から敬意を表したく存じます。

そんな医療現場のかたがたの労苦を思ひつつ、思ひ出したのが昭憲皇太后の御歌でした。明治三十五年の御歌です。「田に畑(はた)に出ない日はない里人である農民の御苦労はさぞかしたいへんなことだと思ひやられる」といふ歌意です。今は、「朝も夜も患者と向き合ふ医師たちの身の労(いたつき)ぞおもひやらるる」といふ日々ではないでせうか。

古来、時代を超えて、世のために働く人々の「身の労(いたつき)」を思ひやる御製や御歌は数多く残されてをります。国を思ひ、社会の平穏な日々を御祈念くださる大御心、御心を偲びつつ、令和の御世に巻き起こった新型コロナウイルス感染の終熄を心より祈念致したく存じます。

はなに花なびきかさねて八重桜

しづえをわきてにほふ比かな

――後花園天皇御製――

全国各地で記録的に桜の開花が早かった令和三年。そのため今回は四月半ばの日本列島を彩ることの多い八重桜の御製を紹介致します。『小倉百人一首』に採択されてゐる伊勢大輔の「いにしへの奈良の都の八重桜けふ九重ににほひぬるかな」を挙げるまでもなく、古来、日本人に親しまれた八重桜。

　掲出歌は第百二代・後花園天皇の御製です。「花に花が靡き重なって、八重桜の下枝がとりわけ美しく感じられる今日この頃だなあ」といふ歌意です。花の重みで枝が撓(しな)るほどの満開の八重桜をお詠みになられた御製でした。学問を尊ばれ、皇子の後土御門天皇にお与へになられた教訓状は「後花園院御消息」として後世に語り継がれます。慎むべきことから為すべきことまで、帝王学を伝達された後花園天皇。飢饉や疾疫で苦しむ民のことを思し召され、足利義政に詩を贈られて、贅沢三昧を諫められた逸話でも知られます。詩を贈られた義政は天皇の御意を受け、新殿造営を取りやめました。義政は後花園天皇崩御の際、戦乱中の外出を心配する周囲の反対を押し切って、御葬送にも四十九日の法要にも参列してゐます。

　潔く散る染井吉野にも良さはありますが、開花から散るまでの期間が長く、花弁の丸さにほのぼのとした温かさを感じさせる八重桜にも魅力があります。朗らかな安らぎを届ける八重桜。陽光を浴びた八重桜は誉れ高い後花園天皇の笑顔にもどこか似てゐるのかもしれません。

双(もろ)の手を空に開きて花吹雪(ふぶき)
とらへむとする子も春に舞ふ

――上皇后陛下御歌――

毎年、こどもの日が近づくと、上皇后陛下美智子さまの御歌を御紹介申し上げたく存じます。アンデルセンの童話が世界中で読み継がれ、メーテルリンクの児童劇『青い鳥』が時代を超えて演じられてゐるやうに、美智子さまの御歌は世界中で読み継がれ、語り継がれていくのではないでせうか。掲出歌の結句の「舞ふ」といふ動詞の御選択を思ふにつけても、常にお側で寄り添はれるお母様ならではの表現なのだと存じます。昭和四十三年に発表された御歌です。昭和四十八年には「さ庭べに夏むらくさの香りたち星やはらかに子の目におちぬ」といふ御歌も発表されていらっしゃいます。「星やはらかに子の目におちぬ」といふ下句。この動詞も何とお優しい母心の表現でありませう。天性の詩心、そして愛情豊かな親心は動詞一つの用ゐかたにも表れるものなのだと存じます。

上皇后陛下美智子さまの御歌が学術的にもとても尊ばれてゐるのは、細部まで御丁寧に描かれた繊細さ、やはらかな旋律（しらべ）のあたたかさ、御自身ならではのお言葉で創作なさる独自性など、いくつもの要因が見出せます。初夏の渓流も同じものは二つとなく、日々新たなものであるやうに、潤ひ豊かなものの瑞々しさを描き出すには、上皇后陛下美智子さまの御歌が何よりものの教本となるのかもしれません。たとひコロナ禍ではあっても、若葉の季節の萌黄色をぜひ多くの人々がじゅうぶんに味はふことができますやうに。

後世に語り継ぎたい御製と御歌

五月

民草に露の情をかけよかし

代々の守りの国の司は

――光格天皇御製――

初夏の陽射しを浴びて樹々の萌黄色が眩しい季節に、第百十九代の光格天皇の御製を御紹介致したく存じます。

天明七年（一七八七）、日本は天明の大飢饉で全国的な恐慌に見舞はれました。何とか状況を打破したいと京都御所の周囲千三百メートルほどを廻る「御千度」の人々が現れ、多い時には一日数万人にも達しました。かうした状況下、後櫻町上皇は一人に一つづつ三万個の林檎をお与へになられたのです。これをお知りになられた光格天皇は、飢饉で米価が高騰し、餓死者も出る事態に御自身でも立ち上がられました。古代の朝廷で、毎年五月に全国の貧窮民に米や塩を賜った「賑給（しんごう）」といふ儀式がございました。何とかこれを復活させ、関東から救ひ米を出せないかとお考へになられたのです。朝廷が幕府の政治に口を出すことは考へられなかった時代。光格天皇は掲出歌を将軍徳川家斉にお送りになり、幕府に民衆救済を求められました。これは当時の禁中並公家諸法度に違反するものでした。厳罰をも御覚悟されながら光格天皇は行動してくださったのです。幕府もことの緊急性を理解し、米千五百石の救ひ米を出すことを決めました。

光格天皇のこのやうな命懸けの御手振りが、後の明治維新につながったと語り継ぐ人々もゐます。民のことを思し召され、民のために何をすべきなのかと御思案され、行動してくださった光格天皇。宮廷文化である和歌を尊び、歌道に邁進した天皇としても知られてをります。

皆人は花や蝶やといそぐ日も
わがこころをば君ぞしりける

──一條天皇皇后定子御歌──

「煙とも雲ともならぬ身なりとも草葉の露をそれとながめよ」(火葬はされないので煙とも雲ともなることのない身ではございますが、どうぞ草葉の露をわが化身と思ってください) といふ御歌でも知られた定子様。第六十六代・一條天皇の皇后であらせられました。

定子様に仕へた女官として名高いのは何といっても『枕草子』の作者である清少納言でございませう。実は掲出歌でお詠みになられた「君」も清少納言のことなのです。

関白を務められたお父様がお亡くなりになると、定子様は立場が急変してしまひます。新たな権力者が擡頭し、さみしい想ひでお過ごしになられてゐることを察した清少納言は、ある日、青い麦を煎り、臼で伸ばした「あをざし」といふお菓子を垣根越しに定子様に差し出されました。有名な掲出歌はその清少納言への御返礼の御歌でございました。

五月五日に宮中から菖蒲や薬玉が献上され、若い女房たちは新たな若君や姫君の御将来を案じる中、定子様の御心を慮(おもんぱか)った清少納言への感謝のお気持ちを御歌に託されたのでした。「世の中の人が皆、蝶よ花よと夢中になる中、あなたは私の胸の内を知ってくれてゐるのですね」といふ歌意の御歌でございます。定子様はこの年の十二月に内親王をお産みになられた後、崩御されました。二十五年の御生涯。けれども清少納言が仕へた日々は定子様の宝物と呼び得るものだったのかもしれません。

月ごとに見る月なれどこの月の
こよひの月に似る月ぞなき

――村上天皇御製――

「令和」の御世の到来を謹んでお慶び申し上げて御紹介申し上げたのは、後に「天暦の治」と讃へられた第六十二代・村上天皇の御製です。財政逼迫の時代に率先して倹約に励まれ、貧民救済にも御心を配られた村上天皇。『後撰和歌集』編纂を宣旨(せんじ)され、平安文化が花開く上で重要な役割をお果たしになられました。『小倉百人一首』の「しのぶれど色に出でにけりわが恋は物や思ふと人の問ふまで」(平兼盛)、「恋すてふわが名はまだき立ちにけり人知れずこそ思ひ初めしか」(壬生忠見)はともに村上天皇が催された天徳四年の内裏歌合で出詠されたものでした。宮中で初めて観月の会を催されたのも村上天皇です。掲出歌は「月」を五回も用ゐた特殊な用法で名月の麗しさをお詠みになられた御製でした。

時の太政大臣が「君がため祝ふ心のふかければひじりの御代のあとならへとぞ」(あなた様のことをお祝ひ申し上げる思ひが深いので、ぜひとも聖代の御書をどうぞ)と詠んだ際、村上天皇は「教へおくことたがはずは行末の道とほくとも跡はまどはじ」(御書の教へ伝へることに違はずに行けば聖人君主への道のりが遠くても道を見失はずにゐられることだ)とお返しになられていらっしゃいます。

今上陛下もこの名高き「天暦の治」は御存じでいらっしゃるでせう。村上天皇をはじめ、御歴代もお見護りくださる令和の新時代。すばらしき御世となることを心より祈念申し上げます。

婚約のととのひし子が晴れやかに
梅林(ばいりん)にそふ坂登り来る

——上皇后陛下御歌——

「令和」の御世となり「上皇后さま」となられた美智子さまの御歌を御紹介申し上げます。掲出歌は平成五年に発表された御歌です。御婚約がお調ひになられ、坂道を登って来られた皇太子様（当時）をお迎へになられた御心。どれほど感慨深くこの時をお迎へされたことでせう。

平成三年に、美智子さまは「赤玉の緒さへ光りて日嗣なる皇子とし立たす春をことほぐ」といふ御歌も公表されていらっしゃいます。「赤玉の緒さへ光りて」は『古事記』に語り継がれた豊玉毘売様の「赤玉は緒さへ光れど白玉の君が装し貴くありけり」の御詠が踏まへられていらっしゃることでせう。「赤玉は紐緒まで光ってをりますが貴方様は真珠の白玉のやうにさらに高貴に輝いてをられます」と夫君の山幸彦様に贈られた御詠。名高きこの歌をお踏まへになられ、「立太子礼」に臨まれた日嗣の御子（皇太子様）をお詠みになられたのでした。連綿と受け継がれてきた皇室の伝統に思ひを馳せられ、あへて本歌取りをされたのだと存じます。

新たな御世に臨まれる天皇・皇后両陛下は、たいへんお幸せでいらっしゃいます。温かな、上皇・上皇后両陛下御夫妻が御健在でお見護りくださっていらっしゃるのですから。「子らすでに育ちてあれど五月なる空に矢車の音なつかしむ」といふ「鯉のぼり」の御歌も昭和六十年に発表された美智子さま。いつの世も誠に尊きは親心なのだと存じます。

夏来てのひとつ緑もうすくこき
梢におのが色は分かれて

——後水尾天皇御製——

新緑の美しい季節がやって来ました。芽吹き始めた若葉が陽射しを浴びて、少しづつ逞しくなっていきます。萌黄色、若竹色、常磐色、千草色、柳色、松葉色、山葵色、裏葉色、若苗色、苔色など、先人が見出し、語り継いだ緑系の色の多彩さを体感できる季節です。

新型コロナウイルスの感染拡大のため、外出を自粛する日々でも、窓の向うに広がる自然は今日も豊かなものを育んでくれます。鶯の啼き声に心和む日々。この季節には叙景歌で名高い後水尾天皇の御製を御紹介申し上げます。

江戸時代に御在位なさった第百八代であらせられる後水尾天皇。春には「長閑なる夕べの雨を光にて谷にも春の花は咲きけり」とお詠みになられ、秋には「分け入れば麓にも似ずもみぢ葉のふかきやふかき山路なるらん」とお詠みになり、冬には「暮ふかくかへるや遠き道ならむ笠おもげなる雪の里人」とお詠みになられました。この季節には「常磐木に色をわかばの薄萌黄おなじ緑の中に涼しき」といふ御製もございます。正岡子規が「写生」の大切さを語る以前から類まれな観察眼と御丁寧な描写で三十一文字(みそひと)を変幻自在にお詠みになられた後水尾天皇。禁中並公家諸法度で朝廷の権限が規制される中、それでも「いかにしてこの身一つをたださまし国を治むる道はなくとも」とお詠みになられました。四季折々の恵み豊かな大地に暮らせる幸せを思ひつつ、若葉の季節に思ひおこしたい聖上の御製です。

災ひより立ち上がらむとする人に
若きらの力希望もたらす

――皇后陛下御歌――

掲出歌は「令和二年歌会始」で発表された皇后陛下の御歌です。平成三十年には、前年の豪雨で被災した福岡県朝倉市をお見舞ひくださり、令和元年の暮れには十月の台風で被災した宮城県伊具郡丸森町、福島県本宮市を天皇陛下とともに御訪問くださった皇后陛下。

新型コロナウイルスの世界的大流行とそれに伴ふ世界的な大打撃の中、両陛下にはどれほど御心をお痛めになられていらっしゃることでせう。許されるならきっと今すぐにでも多くの医療従事者等に直接お声をおかけしたいと思はれていらっしゃるのかもしれません。感染によって、大切な人を亡くされた人々。家族との時間を犠牲にしながら、感染拡大の防止に御尽力くださってゐる医療従事者。経済的な苦しみに耐へつつ外出自粛を守る人々。

掲出歌は、災害による被害に深く御心を痛められながらも、各地で高校生などの若い人たちがボランティアとして後片付けや復旧の手伝ひを献身的におこなひ、人々に復興と希望の勇気を与へてゐることを頼もしくお思ひになり、お詠みになられた御歌だったさうです。世界全体での終熄にはまだまだ長い歳月が必要だといふ専門家の予見もある中、「若きらの力」のみならず、一人一人がなすべきことを重ね、日本全体が世界の希望となることができたならどんなによいでせう。どれほど厳しい状況下でも常に寄り添ってくださる尊き御心があることを忘れずにありたく存じます。

かくてこそ見まくほしけれ
万代をかけてにほへる藤浪の花

――醍醐天皇御製――

五月を迎へ、各地の藤棚が美しい時期がやってまゐりました。『万葉集』にも二十数首詠まれ、『枕草子』で清少納言が「めでたきもの」のなかで、「花房長く咲きたる藤の花」と語った藤。後の世に「延喜の治」と讃へられ、理想の時代だと語り継がれる第六十代・醍醐天皇にも、掲出歌のやうな藤の花の御製がございます。

「万代までも美しく咲く藤の花房をいつまでもこのやうな姿で見てゐたいものだなあ」とお詠みになられた醍醐天皇。洪水などで被害に遭った人々には年貢や労役を免除なさり、疾病が広がった際には民の負担を減らすために多くの政策を施してくださりました。『大鏡』には、雪が降りつもった寒さの厳しい夜、諸国の民がどれほど厳しい寒さの中にあるだらうか、と御衣をお脱ぎになられた逸話も描かれてゐます。

醍醐天皇は和歌をとても尊ばれました。日本で初めての勅撰和歌集『古今和歌集』の編纂を紀貫之・紀友則・凡河内躬恒・壬生忠岑に依頼なさったのが、実はこの醍醐天皇です。「令和」といふ『万葉集』出典の年号を有する時代に、世界中の人々と共有できるやうな新時代の勅撰和歌集が編纂されたなら、醍醐天皇はどれほどお喜びくださることでせう。山野に咲いても庭園に咲いても品のある清らかな麗しさを湛へる藤。陶磁器、友禅染、蒔絵などにも古来多く用ゐられ、歌舞伎の長唄にも名高い、日本の初夏を代表する花のひとつです。

感染の収まりゆくをひた願ひ
出で立つ園に梅の実あをし

――皇后陛下御歌――

梅雨入りの知らせが各地から届く中、今年も梅の実の季節がやってまゐります。古来、花や香りで人々を楽しませ、『万葉集』には百首以上の歌が詠まれるなど、日本人の暮らしと深い関はりのある梅。村上天皇の時代には青竹でたてた茶に梅干しと昆布を入れた福茶を用ゐて疫病を退けたといふ言ひ伝へも残ります。掲出歌は新型コロナウイルスの感染拡大を受け、令和二年に緊急事態宣言が出された際、お住まひの赤坂御用地内の御散策にお出でになられた折、御所のお庭の先にある梅林に青々とした実がなってゐる姿をお詠みになられた御歌だったさうです。人々の日常は変はらざるを得ない世の中にあっても、花をつけ、実をなす梅の木に自然の営みの力をお感じになられた御歌。古来、人々の健康増進に役立つ梅の実が大きくなる姿に、明日への「希望」をお感じになられたのかもしれません。

北海道から九州まで、日本全国に梅の産地があります。『枕草子』では清少納言が讃へ、菅原道真公の和歌でも知られた梅。平成八年から梅の産地が毎年持ち回りで「全国梅サミット」を開催してきました。梅の実が今年も豊かに実ってゐることを祈念申し上げたく存じます。雨に映える青梅の麗しさ。熟梅の豊かで味はひ深い芳香。梅は五感に喜びをもたらす植物です。今も各地で御尽力くださってゐる医療関係者の皆様に心から敬意を表しつつ皇后陛下の御歌をお伝へ申し上げます。

後世に語り継ぎたい御製と御歌

六月

世を治め民をあはれむまことあらば
天つ日嗣の末もかぎらじ

——後光嚴天皇御製——

光嚴天皇の第二皇子であらせられる北朝第四代の後光嚴天皇。南北朝が並列せざるを得なかった辛苦の時代に後光嚴天皇はどのやうなお気持ちで歩まれたのでせうか。掲出歌は『新拾遺和歌集』にをさめられた御製です。「世を治め、民を愛する真心があるのならば、皇位の未来も終はることはないでせう」とお詠みになられた一首。「民をあはれむまこと」を、後光嚴天皇がいかに大事に思はれていらっしゃったのかが偲ばれる御製でございます。父君の光嚴上皇、叔父君の光明上皇、兄君の崇光上皇が捕へられた際、十五歳で践祚なされたのが後光嚴天皇でした。

時代の濁流をまともにお受けになりながら、「天つ日嗣」たる者としての在り方や役割をお考へになられた天皇のお気持ち。世が治まらない状況に、「猶ざりに思ふゆゑかと立ちかへりをさまらぬ世を心にぞとふ」といふ御製も詠まれてをられます。「立ち止まって我が心に問ひ直します。世が治まらないのは自身が心のどこかで疎かに思ってしまってゐるからでせうか」といふ歌意です。苦境下でも他者のせゐにはされず、「天皇の徳性」を問ひ続けていらっしゃった御心。そんなお気持ちが通じられたのでせう。孫の後小松天皇の御代に南朝第四代の後龜山天皇から北朝第六代の後小松天皇に譲位なさる形で南北合一は実現されたのでした。分断された五十七年間の中で天の日嗣となり、耐へに耐へ、忍びに忍ばれた後光嚴天皇の御製も忘れずにありたく存じます。

ほととぎす花たちばなの香をとめて
なくは昔の人や恋しき

――高倉天皇皇后徳子御歌――

「祇園精舎の鐘の声、諸行無常の響あり。沙羅双樹の花の色、盛者必衰の理をあらはす」――名高い冒頭文で知られた『平家物語』。数百年の時を経て今なほ語り継がれる物語は中世を代表する叙事詩と呼び得るものです。軍記物語の最高傑作だと評価されてゐます。

掲出歌は、この『平家物語』で紹介された御歌です。高倉天皇の皇后、さらには安徳天皇の国母としても知られる徳子様の父君はあの平清盛でした。武士として初めて太政大臣に任じられた清盛。けれども栄華は永くは続きませんでした。高倉上皇が崩御され、清盛が亡くなると、壇ノ浦の戦ひで平氏一門は滅亡となりました。幼い安徳天皇と母が入水し、徳子様もお二人の後を追ったものの、唯一助けられてお一人で生きることとなったのです。出家なさり、大原寂光院で菩提を弔はれました。掲出歌は「ほととぎすよ、あなたが橘の花の香を求めて鳴くのは昔親しかった人が恋しいからですか」といふ御歌です。『平家物語』では徳子様が御硯の蓋に記された歌だと語り継がれます。徳子様の境遇と重ねて読むと思ひはさらに深まります。平安時代末期から鎌倉時代にかけて活躍した女流歌人の建礼門院右京大夫は、「雲の上のやうな宮中でお見かけした中宮様をこのやうな深山でお見かけするのは寂しいことです」といふ歌意の、「仰ぎ見し昔の雲の上の月かかる深山の影ぞ悲しき」といふ作品を残してゐます。沙羅の花の季節にお偲び申し上げたい御歌でございます。

雲の上(へ)に太陽の光はいできたり
富士の山はだ赤く照らせり

――今上陛下御製――

今回は、令和元年五月一日に新天皇となられた今上陛下が皇太子殿下時代にお詠みになられた作品を御紹介申し上げます。掲出歌は平成二十二年の歌会始でお詠みになられた一首です。

登山を御趣味とされていらっしゃる今上陛下。陛下のお生まれになられた二月二十三日は「富士山の日」です。明治天皇が「あかねさす夕日のかげは入りはてゝ(て)空にのこれる富士のとほ山」とお詠みになられ、大正天皇も「ここちよく晴れたる秋の青空にいよいよはゆる富士の白雪」とお詠みくださり、昭和天皇が「霞立つ春のそらにはめづらしく雪ののこれる富士の山見つ」とお詠みになられた富士山。上皇さまも「外国の旅より帰る日(ひ)の本(もと)の空赤くして富士の峯立つ」といふ御製をお詠みになられてをります。

日本国の象徴・富士山。その尊き山はだを照らしながらお姿を現した太陽のひかりは、今後も令和の御世を照らし続けてくださることでせう。

太陽のひかりをお詠みになられた御製としては、昭和天皇の「さしのぼる朝日の光へだてなく世を照らさむぞわがねがひなる」が思ひ出されますが、今上陛下も今後、さまざまな太陽のお姿をお詠みくださることと存じます。遍(あまね)く照らす大御光(おほみひかり)のぬくもり。令和の御世にはおそらく和歌が世界遺産となることでせう。今上陛下の御製が、今後、世界中の人々に読み継がれ、語り継がれる日が来ることを願ってをります。

大君と母宮の愛でし御園生(みそのふ)の
白樺冴ゆる朝の光に

――皇后陛下御歌――

今回は「令和」の新皇后となられた雅子さまの御歌を御紹介申し上げます。平成最後の「歌会始」で発表されたこの御歌。お住ひの東宮御所の庭にあった白樺の樹は、現在の上皇陛下と上皇后陛下が皇太子御夫妻の時代にお植ゑになられ、大事にされてこられたものださうです。

その白樺が朝の光を浴びて照りわたる様子をお詠みになられた雅子さま。御先代の尊ばれたものを受け継がれ、引き継がれていかうとなさる雅子さまの御心を読者は感じることができるでせう。雅子さまは平成二十九年の歌会始の儀では、「那須の野を親子三人（みたり）で歩みつつ吾子（あこ）に教（をし）ふる秋の花の名」といふ御歌も発表されていらっしゃいます。母から子へ、子から孫へと連綿と受け継がれていくものの尊さ。

東京大学御在学中に外交官の資格をとられ、御留学先のハーバード大学でも上位数パーセントのみが在籍を許されるクラスにいらした雅子さま。東京大学には米国から御帰国後に外部学士入学なさったのですが、百人中、合格者はわづか三人のみだったさうです。一方、雅子さまは幼少の頃から自然がお好きだったと語り継がれてゐます。やもりともお遊びになられる少女時代を過ごされた日々。知性溢れる国母様が今後生きとし生ける動植物にどのやうなまなざしをお向けになられ、それが新時代の御歌となってゆくのでせうか。令和の時代に新たに生まれる御製と御歌が国内外の人々の心を潤すものであることを心から祈念申し上げます。

あはれはや浪をさまりて和歌の浦に
みがける玉をひろふ世もがな

――後村上天皇御製――

「夏草のしげみが下の埋(むも)れ水ありとしらせて行く蛍かな」(夏草の茂みの下に隠れた水の流れがあることを知らせるやうにとんでゆく蛍だなあ）といふ夏の御製もお詠みになられた第九十七代の後村上天皇。元弘三年（一三三三）に鎌倉幕府が滅亡し、その後、父君であらせられる後醍醐天皇の「建武の新政」がはじまりました。ところが、延元元年（一三三六）には再び武家政権の室町幕府がはじまり、後醍醐天皇も後村上天皇もたいへんな御苦労をされました。

南北朝の時代、南朝第二代天皇でいらっしゃったのが後村上天皇です。掲出歌は「ああ早く荒波が治まって、和歌の浦で磨かれた玉を拾ふやうな時が来てほしい」といふ歌意の御製です。「世の中の混乱が早く終熄を迎へて、秀歌を選んで勅撰和歌集を編むやうな平和な時代となってほしい」といふ御心が籠められてゐます。『新古今和歌集竟宴和歌』で藤原良経が詠んだ、「しきしまややまとことばの海にしてひろひし玉はみがかれにけり」などの歌も念頭におありだったのかもしれません。准勅撰和歌集の『新葉和歌集』には多くの御製が入集していらっしゃいます。

戦禍の絶えない、御苦労の多い時代の中でも、【敷島の道】――遠い古(いにしへ)から歌ひ継がれ、遙かな神々の世界にもつながる和歌の世界――を尊ばれた後村上天皇。書に優れ、琵琶や箏にも長けていらっしゃった天子様として語り継がれます。

たなばたの袖やすずしき雲はれて
月すむよひの天のかはなみ

――光格天皇皇后欣子内親王御歌――

御生涯のうちで、江戸四大飢饉の「天明の大飢饉」「天保の大飢饉」を体験なさった欣子内親王。近世最大の飢饉と称され、数万人と言はれる餓死者が出た「天明の大飢饉」の際には岩木山や浅間山が噴火し、農作物に壊滅的な被害がもたらされた地域もありました。「天保の大飢饉」の際には大塩平八郎の乱がおきた大坂で、毎日百数十人にも及ぶ餓死者が出たと語り継がれてゐます。

コロナ禍にあって、世界で感染拡大が続く中、あらためて欣子内親王の御歌を御紹介申し上げたく存じます。欣子内親王には七夕の御歌が多くございます。「天の河ながれて絶えぬちぎりとは秋のこよひの空にこそ知れ」「たなばたの待ちえし今日の手向とやひもときそむる花の七種」。たいへんな状況下、欣子内親王はどのやうな思ひで星空を仰がれたことでせう。『万葉集』以来、七夕にちなんだ歌を多くの歌人が詠んでゐます。欣子内親王の御心には「袖ひちて我が手にむすぶ水のおもに天つ星合の空を見るかな」(袖を濡らして掬った水に天上の星が出会ふ空が映ってゐるよ)といふ中古三十六歌仙の藤原長能の歌もおありだったのかもしれません。「雲が晴れて月が澄み渡った天の川」をお詠みになられた欣子内親王。こんなふうに世の中が晴れ渡って、月が澄む日々の到来を御祈念くださったことと存じます。どんなに激しい暴風雨の後にも訪れる満天の星空。そんな日を早く迎へたいと願ふばかりです。

身の上は何か思はむ
朝な朝な国やすかれといのるこころに

——櫻町天皇御製——

寛政十年（一七九八）、二十二年もの歳月をかけて、龜山天皇から後桃園天皇までの御世を描いた歴史書『続史愚抄』八十一冊が完成しました。この著者として知られる柳原紀光から「延喜・天暦の治以来の聖代」だと讃へられたのが、第百十五代・櫻町天皇です。

「春を知る梅を見るにもなべて世に恵みのつゆのかかれとぞ思ふ」(春のさきがけとなる梅を見るにつけても世の中のすべてのものに恵みがもたらされてほしいと願ふ)、「いろかへぬ籬（まがき）の竹をいくとせかこころの友とあかずこそ見れ」(色を変へることのない竹垣の竹をどれほどの歳月、心の友として飽きずに眺めてゐることか)といふ御製もお詠みになられた櫻町天皇。江戸幕府の八代将軍・徳川吉宗の理解を得て、朝儀の復興にも御尽力されました。令和の御世にも尊ばれる大嘗祭・新嘗祭を御再興くださった聖上でいらっしゃいます。

掲出歌は「吾が身のことなど、どうして思ふことがあるだらうか。いつの日も国が安らかであってほしいと心から祈り願ふ日々だ」といふ歌意の御製です。「煙たつ民のかまどのにぎはふと聞くを我が世のたのしみにして」といふ御製もお詠みになるなど、常に民の暮らしを案じてくださったかたでした。梅雨時、雨音の激しき折にも「朝な朝な国やすかれ」とお祈りくださってゐる聖上が令和の御世にもあらせられることを忘れずに、この江戸時代の聖代の御製をお伝へ申し上げます。

風たちてむらむらわたる雨雲の
はるる方より星いでにけり

――伏見天皇皇后鏱子御歌――

昭憲皇太后が明治十八年にお詠みになられた作品に「かぎりなくたちかさなりし雨雲もはるればはるる水無月の空」といふ御歌がございます。鐘子様がお支へになられた伏見天皇にも「風はやみ雲の一むら峰こえて山見えそむる夕立の跡」といふ雨上がりの御製がございます。掲出歌は自然の移ろひを丁寧に御観察された作品を多くお詠みになられ、折口信夫をはじめとした近現代の歌人にも讃へられた京極派の代表歌人・鐘子様の御歌です。

「さやかなる光もぬれて見ゆるかな時雨ののちの庭の月かげ」といふ御歌もお詠みになられるなど、雨上がりの御歌の多い鐘子様。長引く新型コロナウイルスの感染拡大が幾重にも立ちかさなる雨雲の如きものだとしたら、長く連なる雨雲にもいつか必ず終はりがあり、「はるる方より星いでにけり」となることを天空から語りかけてくださるのが鐘子様の御歌なのかもしれません。

御歴代の御製や御歌を令和の御世から拝(をろが)めば、この国にも数多(あまた)の困難な雨雲が覆ってきたことが窺へます。そんな中でも絶えず雨上がりの晴れた空をお望みになられ、御祈念くださったかたがたの御心をあらためてお偲び申し上げます。晴れ渡る日々も暴風雨の日々もすべては同じ空の異なった表情です。どのやうな空の表情からも学び、成長の糧を得てきた先人の皆様に心から敬意を表しつつ、雨上がりの空に広がる満天の星々を待ち望みたく存じます。

後世に語り継ぎたい御製と御歌

七月

仰げなほ岩戸をあけしその日より

今に絶えせず照らす恵みは

——後土御門天皇御製——

後花園天皇の第一皇子であらせられる後土御門天皇は第百三代の天皇です。即位されてから数年で応仁の乱が勃発し、京洛は荒廃の地と化しました。後花園院とともに、十余年の長きに亙って足利義政の室町邸に逃れざるを得ないお暮らしでした。

「けふいくか天の岩戸も雲とぢて神代おぼゆるさみだれの空」といふ御製もお詠みになられた後土御門天皇。神代の昔、天照大御神が「天の岩戸」にお隠れになられ、天地が光を失ってゐた時のやうに、戦火の乱れ飛ぶ暗澹（あんたん）とした状態が続いてゐることをお嘆きになられた御製でございます。

このやうな状況を打破すべく、お詠みになられたのが掲出歌でした。「今も仰げよ。岩戸をお開きになられたあの日から絶えることなく照らす太陽の恵みを」といふ御製。後土御門天皇は足利義政ともども和歌を大事に思はれ、戦乱の中でも幾度となく歌会が催されました。応仁の乱終結後は朝儀復活にも尽力なさった後土御門天皇。「わすれずも袖とふかげか十年（ととせ）あまりよそに忍びし雲の上の月」（忘れもせずにわが袖を訪れてくれる光なのか。十余年、遠くから忍ぶことに耐へてきた雲の上の月よ）といふ御製もございます。戦乱の世の終熄を願はれ、平和な世の到来を祈願され、この国に太陽の光が豊かに注がれることを希求された御心。後土御門天皇の御代から五百年以上の時を経て、今なほ太陽の恵みはあまねく注がれ続けてをります。

ほととぎす空に声して卯の花の
かきねもしろく月ぞ出でぬる

――伏見天皇皇后鐘子御歌――

「永福門院」としても知られた西園寺（藤原）鏱子様は、第九十二代・伏見天皇の皇后であらせられました。鎌倉時代後期の歌人として知られ、『玉葉和歌集』『風雅和歌集』などの勅撰和歌集には約百五十首もの作品が採られてをります。

国文学者としても著名な歌人の佐佐木信綱はこの御歌を踏まへた唱歌「夏は来ぬ」を作詞してゐます。「卯の花の匂ふ垣根に時鳥（ほととぎす）早も来鳴きて忍音（しのびね）もらす　夏は来ぬ」といふ名高い唱歌。掲出歌への敬意があればこそ、生まれた作品だったのだと存じます。

掲出歌は、「ほととぎすが空で鳴いて過ぎました。地上では卯の花が垣根に白き花を咲かせてゐます。垣根の向うの空を見上げるとまるで天空の垣根に花が咲くかのやうに真白き月が空を彩ってゐます」といふ御歌です。

「なにとなき草の花さく野べの春雲にひばりのこゑものどけき」「夕立の雲ものこらず空はれてすだれをのぼる宵の月かげ」「ま萩ちる庭の秋風身にしみて夕日のかげぞ壁に消えゆく」などの誉れ高き作品を残された鏱子様。父君の西園寺実兼も歌人として名高く、早くから歌を詠んでをられた鏱子様は、自然を見つめられるまなざしが細部に至るまでとても御丁寧でした。

天の豊かさと地の穣（ゆた）かさ――鏱子様はどちらも実感されていらしたことでせう。歌を詠むといふことは天地（あめつち）と心を通はせる作業でもあるのです。

ももしきや古き軒端のしのぶにも
なほあまりある昔なりけり

――順徳天皇御製――

今回は『小倉百人一首』でも知られた御製を御紹介申し上げます。お詠みになられたのは第八十四代・順徳天皇です。後鳥羽天皇の第三皇子としてお生まれになられたのは鎌倉幕府成立から五年後の建久八年（一一九七）のことでした。「ももしき」は「百敷」であり、「宮中」を意味する言葉です。「軒端のしのぶ」は荒れた家の軒端に生える「忍草」のこと。「忍ぶ」には「偲ぶ」が掛けられてゐます。「宮中の古い軒端に生える忍草を見るにつけても、偲んでも偲びきれないほどに慕はしいのはかつて王朝権威が盛んであった聖代（昔のよい時代）であるなあ」といふ歌意です。順徳天皇は、父君の幕府征討の方針に副って歩む御決意をされました。その結果、戦ひに敗れ、佐渡に配流といふ御生涯を歩まれてをられます。艱難辛苦の日々の中でも、幼少期から藤原定家に歌を学ばれてゐた順徳天皇は、配流後の佐渡で歌学書『八雲御抄』を書き上げられました。朝廷古来の法令等を探究する『禁祕抄』も著されていらっしゃいます。

学問に励み、歌道にも邁進された順徳天皇のお姿をよく知ってゐた定家は、『新勅撰和歌集』には幕府への配慮から順徳天皇の御製を採ることができなかったものの、万感の思ひをこめて、『小倉百人一首』の締めくくりにこの御製を配置したのでした。「昔」を尊び、偲ぶ想ひは定家も同じだったのでせう。順徳天皇は定家、鴨長明らとともに新三十六歌仙にも選出されてをられます。

今もなほ母のいまさばいかばかり
よろこびまさむうまごらをみて

——香淳皇后御歌——

お印が「桃」でいらっしゃったためか、桃の季節になると香淳皇后の御歌をお偲び申し上げたくなります。掲出歌は昭和五十三年の歌会始で発表された作品です。「今もまだ母君が御健在であらせられたならば、孫を御覧になられてどれほどお喜びがまされたことでせう」といふ歌意です。「うまご」は『源氏物語』などにも用例のある「孫」を意味する言葉です。「子孫」といふ意味で用ゐてゐる古典作品もあります。

昭和五十年には「雨やみてはれゆく伊豆の海原に色さえざえと虹のかかれり」といふ御歌もお詠みになられた香淳皇后。昭和四十四年の歌会始では「あたらしき宮居の空に星ひとつあらわれにけり輝きそめぬ」といふ御歌も発表されました。昭和四十八年の歌会始では「われもまた昔にかへる心地してをさなき子らとともにあそびぬ」といふ御歌も発表されていらっしゃいます。むやみに奇をてらはず、人々が共感できるわかりやすい言葉でお詠みくださる香淳皇后の作歌姿勢は、昭和天皇の御製とも通じるものがございます。自然界でも人間界でも連綿と受け継がれていくもののすばらしさ。伝統が醸し出す滋味。人々の生活（たつき）の中には「桃」に喩へたくなるすばらしいものもございます。日（ひ）の本（もと）の国自体が実は「桃源郷」なのかもしれません。「ふくえくぼ」「夏優美」「夢富士」など、この国で育つ桃の品種の豊かさを改めて尊びたい令和の桃の季節です。

岩かげにしたたり落つる山の水
大河となりて野を流れゆく

――今上陛下御製――

皇太子殿下時代の平成三十年三月にブラジルでおこなはれた【第八回世界水フォーラム「水と災害」ハイレベルパネル】で基調講演をなさった今上陛下。平成二十七年十一月にニューヨークの国連本部でおこなはれた第二回「国連水と災害に関する特別会合」では、『万葉集』の大伴家持の長歌、『小倉百人一首』の藤原定頼の和歌、さらには鎌倉幕府三代将軍源実朝の『金槐和歌集』の歌も引用なさりながら、基調講演を担はれていらっしゃいます。御講演の最後には、お好きでいらっしゃるといふ前田普羅の「立山のかぶさる町や水を打つ」といふ俳句も御紹介されました。「立山が覆ひ被さるやうに聳える富山の町で人々が夏の暑さを和らげるために通りに水を打ち、涼をとってゐる情景が目に浮かびます」と語られた今上陛下。

掲出歌はそんな今上陛下が皇太子時代にお詠みになられた一首です。平成二十九年歌会始で公表された作品でした。かつて山梨県甲州市の笠取山に登られ、東京都水道水源林を御視察になられた際、多摩川源流となる、岩から滴り落ちる水の一滴一滴を御覧遊ばされ、流れゆく先に思ひを馳せられてお詠みになられたさうです。一滴一滴が大河となり、野を潤し、数多の農作物を育み、生きとし生ける生物のいのちを支へる自然の循環。日本中、世界中の水がこの星をどれほど豊かに潤してゐることでせう。時代も超えて世界の人々に語り継がれてほしい御製なのだと存じます。

濁りなき亀井の水をむすびあげて
心のちりをすすぎつるかな

——一條天皇皇后彰子御歌——

第六十六代・一條天皇の皇后として知られる彰子様。藤原氏全盛期の中宮として、紫式部や和泉式部など、錚々たる才媛たちが女官として彰子様のもとに仕へてゐました。彰子様は永延二年(九八八)にお生まれになられた後、承保元年(一〇七四)に崩御されるまで、八十七年もの御長寿を全うされました。けれども長生きでいらっしゃったために一條天皇、父君の藤原道長公、さらには御子息でいらっしゃった後一條天皇、後朱雀天皇にも先立たれてしまひました。愛する人々を多く見送らざるを得なかった、長命の悲しみは『栄花物語』などに語り継がれます。

掲出歌は「天王寺の亀井の水を御覧じて」といふ詞書が添へられた御歌です。「四天王寺の境内にある石造りの亀から湧き出した濁りのない尊き霊水を手に掬ひ上げて賜り、心の穢れを洗ひ清めたことよ」といふ歌意です。

勅撰和歌集に二十数首、入集されていらっしゃる彰子様。紫式部、和泉式部の他にも、中古三十六歌仙の一人に数へられ、『栄花物語』の著者として有力視される赤染衛門、「いにしへの奈良の都の八重桜今日九重に匂ひぬるかな」といふ歌で知られた伊勢大輔らも彰子様のもとにお仕へしてゐました。かうした人々と「敷島の道」である和歌を尊ばれた彰子様。新型コロナウイルスが蔓延する世界情勢ですが、汚れも穢れも濯ぎ落とす水の尊さをあらためて思ひおこしたく存じます。豊かな旋律(しらべ)の御歌を数多く残された国母様です。

ゆく蛍草のたもとに包めども
なほかくれぬはおもひなりけり

――後鳥羽天皇御製――

令和三年は第八十二代天皇であらせられた後鳥羽院が隠岐にお遷りになられて八百年の節目となる年でした。十月には、一部はコロナ禍による延期を已むなくされましたが、隠岐神社境内でもさまざまな記念イベントがおこなはれました。

建仁元年（一二〇一）に院の御所に和歌所を再興なさり、『新古今和歌集』の撰進をお命じになられた後鳥羽院は隠岐にお遷りになられてからだけでも八百首近い御製をお残しになられました。掲出歌の「包まれてもなほ隠すことのできないおもひ」は決して蛍だけのものではないことでせう。「おもひ」の「ひ」には、古来「火」が掛けられてきました。

隠岐でお詠みになられた御製に、「夕立のはれゆく峰の雲間より入日すずしき露の玉笹」といふ作品がございます。「玉笹」は「笹」の美称です。「夕立の雨が晴れていく。雲の切れ間からあざやかな陽射しが届き、笹の葉の露を照らす——その光の涼しげですばらしい光景よ」といふ歌意です。十九年に及んだ隠岐での生活の中、京都にいらっしゃったときと同じやうに絶えず日本と日本文化への思召しをお持ちでいらっしゃった後鳥羽院。現地の人々からも親しまれた院の御心は八百年の時を経て、今なほ地域文化にも根づいてゐます。さまざまな勅撰和歌集に二百五十首を超える御製が採択され、藤原家隆が成立に関与したと語られる『後鳥羽院御集』の他、歌論書『後鳥羽院御口伝』も伝はる、尊き歌聖の天子様です。

この年もみのりよかれといのるらむ
小田のさと人朝日をがみて

――香淳皇后御歌――

掲出歌は昭和四年にお詠みになられた香淳皇后の御歌です。関東大震災があった時には、被災して困ってゐる人たちのために多くの着物を御自身でお縫ひになって御恵贈くださったことがございました。満洲事変の折には御自身でおつくりになられた包帯も御恵贈くださってゐます。戦地に赴く人々が寒い思ひをしてはゐないかと御自身で編まれた襟巻をお贈りくださったこともあったさうです。

そんな香淳皇后には、昇り来る朝の太陽に豊かな実りを拝み願ふ人々の心がよくおわかりになられてゐたことでせう。新型コロナウイルス感染拡大にともなふ緊急事態宣言が何度も発令され、大雨による土砂災害も頻発した中で、それでも夏の陽射しを浴びて、青々と生育する稲の逞しさに励まされる思ひが致しました。

昭和五十八年「歌会始」のお題は「島」でした。その際、香淳皇后は、「島人のたつき支へし黄八丈の染めの草木をけふ見つるかな」といふ御歌を発表されてゐます。「たつき」は「生活」です。「黄八丈」は八丈島に伝はる草木染の絹織物。「米」や数多の「草木」など、私たちは大自然に支へられ、その恵みを受けて、いくつもの艱難辛苦を乗り越えてきました。節があるから竹が強度を増すやうに、この体験すらも国のさらなる逞しさや剛さに転じていけたらと思ふ夏です。天の向うから昇り来る朝の太陽は今日も御歴代からのエールでもあるのかもしれません。

後世に語り継ぎたい御製と御歌

八月

よろづ民うれへなかれと朝ごとに
いのるこころを神やうくらむ

――後花園天皇御製――

第百二代の天皇であらせられる後花園天皇といへば、室町幕府八代将軍の足利義政に贈られた詩を思ひ出すかたも多いでせう。

「残民争ひて採る首陽の蕨(わらび)　処々炉(ろ)を閉ぢ竹扉(ちくひ)を鎖(とざ)す　詩興の吟は酣(たけなは)なり　春二月満城の紅緑誰がために肥ゆる」といふ詩です。「今にも死にさうになってゐる民は飢餓に困り果て、故事にうたはれた、争って首陽山で蕨を採る状態です。飯櫃には蓋をし、門戸を閉ざしてしまってゐます。風雅を愛で、詩を詠まうにも春の盛りを傷(いた)み悲しむばかりで、この麗しい紅い花と色鮮やかな葉はいったい誰のために繁るものなのでせうか」といふ大意でございます。応仁の乱で民が苦しむ中、世を顧みず、奢侈(しゃし)に耽(ふけ)る将軍を戒めた作品でした。

飢饉や悪疫で多くの民が命を失ってゐる現実を憂へてくださった大御心。掲出歌のやうに、後花園天皇は常に「万民(よろづたみ)の幸」を願はれ、朝ごとに祈ってくださってゐたのでした。この詩を贈られた義政は恥ぢ入り、新殿造営などを一時中止したと語り継がれます。

「思へただ空にひとつの日のもとに又たぐひなく生(む)まれこし身を」「天地のくにのおやなる二つ神たちゐに人のあふがざらめや」といふ御製もお詠みになられた後花園天皇。和歌をとても大事に思し召され、学問も貴ばれたおかたでした。乾徳は今も多くの人々に語り継がれてをります。

武蔵野の草葉の末に宿りしか
みやこの空にかへる月かげ

——後水尾天皇皇后和子御歌——

「東福門院」としても知られる第百八代・後水尾天皇の皇后和子様は徳川家康公の内孫にあたるかたです。時代の変革期に徳川家の姫として誕生され、国母様となられた和子様。江戸から遠く離れた京都に嫁がれた後、宮中のしきたりに御苦労されたこともございました。それでも明るく穏やかな御性格でいらっしゃった和子様は宮中の女性たちとも良好な関係を築かれていきました。御所で能の会も開催し、武家の伝統文化も御紹介されながら、公家の人々をおもてなしされました。朗らかなお人柄もあって、宮中の人々は次第に和子様に心を開き、後水尾天皇と和子様の御関係はとてもよかったと語り継がれます。和歌を能くなさり、立花、茶の湯にも勤しまれ、寛永文化の主宰者とも称される後水尾天皇。そんな陛下を生涯お支へし、尽くされた和子様。応仁の乱以降、幾度も戦火にまみれた新熊野神社再建に力を注がれたのも和子様でした。

掲出歌は和子様の辞世歌として知られる一首です。江戸の武蔵野の草葉の末にも宿ってくださった高貴な月の光。月光は今日もあまねく天地を照らします。「東にもけふや吹くらむ星合ひの空も涼しき秋のはつ風」といふ御歌もお詠みになられた和子様。院号の「東福門院」は後水尾上皇がお付けになられたものです。そのお心は、「東から福が来たから」なのださうです。「東の福」とお付けになられた上皇も院号をいただかれた和子様もどれほどお幸せな生涯だったことでせう。

大坂に遇ふや嬢子（をとめ）を道問へば

直（ただ）には告（の）らず当芸麻路（たぎまち）を告（の）る

——履中天皇御製——

ユネスコの世界遺産委員会は令和元年七月六日、大阪府の「百舌鳥・古市古墳群―古代日本の墳墓群―」を世界文化遺産一覧表に記載することを決めました。この百舌鳥・古市古墳群には第十四代・仲哀天皇、第十五代・應神天皇、第十六代・仁徳天皇、第十七代・履中天皇、第十八代・反正天皇、第十九代・允恭天皇の山陵がございます。今回は、この古墳群に「百舌鳥耳原南陵」（上石津ミサンザイ古墳）が治定されてをられる履中天皇の御製を御紹介申し上げます。

仁徳天皇の第一皇子として知られる履中天皇。『古事記』によれば、叛乱によってお住ひの難波宮を焼かれた際、石上神宮にお逃げになられる途上で少女と遇はれたさうです。偶然に出逢はれたこの少女から「伏兵がゐるので遠回りをしてお逃げください」とアドバイスを受けられた履中天皇。掲出歌はこの時にお詠みになられた御製です。少女を通じて、天が履中天皇をお救ひになられたのでせう。

かうした御試煉も乗り越えられ、履中天皇は御即位されたのでした。御在位四年目に諸国に史官（ふみひと）（国史）を置かれ、「四方の志（ふみ）」（国内情勢に関する報告書）の編纂を勅命されてをられます。六年目には蔵職（くらのつかさ）をおつくりになって、出納も担当させました。まだ天皇ではなく「大王（おほきみ）」と呼ばれた時代、国の礎をおつくりになることに御尽力なさった履中天皇。崩御の後は弟君（反正天皇）が御即位され、兄弟継承はこの時より始まってをります。

含(ふふ)む乳(ち)の真白(ましろ)きにごり溢れいづ
子の紅(くれなゐ)の唇生きて

——上皇后陛下御歌——

令和元年八月九日、宮内庁は上皇后さまが比較的早期の乳がんとの診断をお受けになられたことを公表いたしました。その後、九月八日に御手術を受けられ、十日には御退院遊ばされましたが、この公表の折に御紹介申し上げたのが掲出の御歌です。

この御歌は、昭和三十五年、のちに令和の御代の新天皇となられる浩宮さまが御誕生された際にお詠みになられた御歌でした。従前の皇室の御慣例とは異なり、上皇后さまは母子手帳をお受けになられ、乳母は置かずに、上皇さまともどもお側で子育てをなさることを実践なされました。そのため、上皇后さまの御歌にはこれまでの皇后陛下の御歌ではなかなか拝見することのできなかった子育ての場面も詠まれていらっしゃいます。お子様の唇がまるで「生きて」いらっしゃると実感された親心。唇の「紅」と、溢れ出す「真白き」母乳が、「紅白」の色彩ををりなし、まるで天からの祝意であるやうに感じられます。こんなふうに御心もお身体もお子様に寄り添はれながら、お歩みくださった上皇后さま。乳がんとお聞きになられた皇族の皆様はどれほどお心をお痛めになられていらっしゃったことでせう。

これまで国や人々のためにひたすらお尽くしくださった上皇后さま。令和四年四月には、かつて過ごされた赤坂御用地の仙洞御所に御移居されましたが、上皇さまとともに、いつつまでも御健康であらせられますことを心より御祈念申し上げます。

世治まり民安かれと祈るこそ
我が身につきぬ思ひなりけれ

――後醍醐天皇御製――

新型コロナウイルスの世界的な感染拡大といふ困難な状況下に、あらためて思ひおこすのは後醍醐天皇の御製です。たいへんな御苦労をなさり、幾度(いくたび)も苦渋に満ちた日々を体験されながらも、国を思ひ、民を思って歩まれた大御心。明治天皇のお詠みになられた「ちはやぶる神ぞ知るらむ民のため世をやすかれと祈る心は」といふ御製にも後醍醐天皇への御心が偲ばれます。明治天皇は明治二十二年（一八八九）、後醍醐天皇をお祀りする吉野宮（吉野神宮）を、強いお思召しでお創りになられました。後醍醐天皇がめざされたものへの御共感がおありだったのではないでせうか。

後醍醐天皇には「よそにのみ思ひぞやりし思ひきや民のかまどをかくて見んとは」といふ御製もございます。仁徳天皇の名高き「高き屋にのぼりて見れば煙立つ民のかまどはにぎはひにけり」といふ御製をお踏まへになり、「都に暮らしてゐた頃には想像するだけであった民のかまどの煙を今、かうして身近に見ることができるとは。仁徳天皇が御覧になった光景もこのやうなものだったのだらう」といふ一首をお詠みになられてゐます。御親族を大切になさり、苦難を一つ一つ乗り越えられた後醍醐天皇。歩まれた道には後世を生きる人々への指針となるものが含有されてゐるのだと存じます。不撓不屈の精神で歩まれた御生涯。その御製には困難な時代への薬草とも呼び得るものがあるのではないでせうか。

夕立の雲ものこらず空はれて
すだれをのぼる宵の月かげ

――伏見天皇皇后鏱子御歌――

『玉葉和歌集』『風雅和歌集』の代表的歌人として評価の高い鏱子様。伏見天皇ともども、藤原定家の曽孫である京極為兼に和歌を学ばれ、京極派の代表歌人として語り継がれます。

ある時期から、和歌が技巧ばかりを追ひ求めるやうになる中、技よりも大切なものがあるのではないか、と京極派の歌人は「実感をともなふ歌」を大切にしました。『万葉集』を再評価し、微細に移ろひゆく自然を確かな眼で観察し、人の心の揺れにも敏感な作品が多く詠まれました。当時の歌壇の主流派からは強く非難され、中世や近世においては評価されることが少なかったものの、近代以降、折口信夫や土岐善麿らが京極派の作品を再評価していきます。

鏱子様は、春には「峰のかすみ麓の草のうすみどり野山をかけて春めきにけり」といふ御歌をお詠みになり、秋には「ま萩ちる庭の秋風身にしみて夕日のかげぞ壁に消えゆく」といふ御歌をお詠みになられました。自然とともに生きるのが人間なのだと体感する人々によって、今も高く評価される京極派。新型コロナウイルスの感染拡大や長梅雨、四十度を超える猛暑とたいへんな状況下でも、鏱子様の御歌には澄んだ麗しい旋律（しらべ）が感じられます。

どんなに激しい夕立のあとにも、晴れわたった空に月が輝く宇宙。私たちは今日もこの宇宙に抱かれ、育まれてゐることを忘れずにありたく存じます。

うづもれし道もただしき折にあひて
玉の光の世にくもりなき

——正親町天皇御製——

第百六代・正親町天皇は後奈良天皇の皇子でいらっしゃいます。先帝の御世のやうに戦国乱世の中、飢饉や疫病も広まってゐた苦難の時代に歩まれました。践祚後、財政難で即位式が数年後となるやうな事態だったにもかかはらず、毛利元就、織田信長、豊臣秀吉といった武将たちの支援も得られて、伊勢神宮の造営や遷宮、朝儀の復興にもお尽くしになられました。権力争ひが絶え間なかった時代に、さまざまな武将たちとも良好な御関係を構築なさり、日本を本来あるべき姿へとお戻しになられた七十七年もの御生涯。乱世の中、三十年近くも御在位くださっていらっしゃいます。

どんなたいへんな状況下でも、民を案じられ、災害や疫病を鎮められようと金泥でお言葉を認(したた)められ、諸国一宮に御奉納くださった先帝の御心を目の当たりにされてきた正親町天皇。先帝の大御心を受け継がれ、「うづもれし道」を本来の「ただしき」ものへとお戻しになられるための数多(あまた)の御尽力は令和の御世にも讃へられるべきものでせう。和歌をたいへん尊ばれ、『正親町院御百首』をお残しになられた正親町天皇。「千とせをも色香にこめて幾秋か花にさきいづる庭の白菊」といふ御製もお詠みになられていらっしゃいます。来(きた)るべき千年を思はれつつ、玉の光の世の到来を御祈願くださった大御心。世界的にも稀有な百二十六代ものつながりを思ふ時、特筆すべき大きな役割をお果たしになられた天皇陛下でございました。

大淀の浦たつ波のかへらずは
変はらぬ松の色を見ましや

――村上天皇女御徽子女王御歌――

醍醐天皇の皇孫でいらっしゃり村上天皇の女御となられた徽子女王は、「斎宮女御」としても知られます。斉子内親王の後をお受けになられ、斎宮として伊勢の神宮に赴任された徽子女王。後世に「天暦の治」と讃へられた村上天皇のお求めに応じられ、女御宣旨を受諾されたのは天暦三年（九四九）のことでした。和歌と七絃琴の才能に恵まれた徽子女王は柿本人麻呂、山部赤人、大伴家持、紀貫之、在原業平、小野小町らとともに三十六歌仙のお一人として知られます。藤原公任が平安時代の和歌の名手とお名前を挙げるほどの徽子女王。勅撰和歌集だけでも四十五首が採択されていらっしゃいます。

掲出歌は、『新古今和歌集』では「大淀の浦に立つ波かへらずは松の変らぬ色を見ましや」と語り継がれます。「大淀の浦」は現在の三重県明和町付近の海岸です。「大淀の浦に立つ波が打ち返すやうに伊勢へと帰らなければ、かつてと変はることのないこのすばらしい松の葉の色を見ることができただらうか、いや、できはしなかった」といふ歌意です。

村上天皇と徽子女王のあひだにお生まれになられた規子内親王が圓融天皇の斎宮に選定されると、徽子女王も御一緒に伊勢へと向かはれました。松はもちろん、かつて過ごされた伊勢のさまざまなものがなつかしくお感じになられたのではないでせうか。夏から秋へと移る味はひ深いこの時期は、和歌の名手徽子女王の御歌をお偲び申し上げたく存じます。

後世に語り継ぎたい御製と御歌

九月

国のためうせにし人を思ふかな
くれゆく秋の空をながめて

――明治天皇御製――

明治天皇は生涯に九万三千首以上の和歌をお詠みになられてゐます。斎藤茂吉が約一万八千首、多作で知られた与謝野晶子でさへ約五万首です。明治天皇の御製の多さは特筆すべきものです。名高い、「よもの海みなはらからと思ふ世になど波風のたちさわぐらむ」(四方(よも)の海にある国々は皆、兄弟姉妹である同胞なのにどうして波風が立ち騒ぐのでせうか)といふ一首。「あさみどり澄みわたりたる大空の広きをおのが心ともがな」(澄み渡った大空の果てしない広大さをわが心として生きたいものです)といふ一首。「暑しともいはれざりけりにえかへる水田にたてるしづを思へば」(煮えかへるやうな暑い水田で田草を採ってゐる農夫のことを思へば暑いなどとは言ふことはできません)といふ一首。明治天皇の御製には温もりや体温のある和歌が多いのです。

この掲出歌は日露戦争が終はった翌年に詠まれました。勝利に沸き立つ国内の雰囲気の中、明治天皇は犠牲になられた一人一人の命に御意を馳せられていらっしゃいます。日常生活では質素であることを心がけられ、寒い日でも火鉢一つの煖で過ごされてきた明治天皇。この御製は、さまざまな天皇・皇后両陛下の「後世に語り継ぎたい御製や御歌」を紹介してまゐる神社新報の連載で、最初に御紹介した一首です。御製や御歌はいつの時代にも私たちの心の指標となるものです。

さとゐせし昔はゆめとなりぬれど
おやのいさめはわすれざりけり

――昭憲皇太后御歌――

明治天皇の御后である昭憲皇太后は生涯に三万首以上の和歌を詠まれていらっしゃいます。有名な「みがかずば玉も鏡も何かせむまなびの道もかくこそありけれ」(玉も鏡も磨かなくては何もなりません。学びの道も同様なのです)といふ御歌は東京女子高等師範学校(現・お茶の水女子大学)の校歌として現在でも親しまれてゐます。

世のため人のためになることを、と慈善事業に尽くされ、日本赤十字社の設立と発展に寄与されました。明治四十五年、赤十字国際会議が開催された際、国際赤十字に多額の下賜をされ、この時設立された基金は百年を経た今でも運用され、役立てられてゐます。

掲出歌は「生家に居りました頃は、今はもう昔の想ひ出となってをりますが、親の教訓は忘れることがありません」といふ御歌。「父母ニ孝ニ」(父母に孝行を尽くし)「徳器ヲ成就シ」(徳のある人となり)「進テ公益ヲ広メ」(進んで公共の利益を広め)といった「教育勅語」を実践するやうに歩まれた御生涯でございました。その礎の一つとなってゐたのが「親の諫め」を大事になさる御心だったのでせう。「人ごとのよきもあしきもこころしてきけばわが身のためとこそなれ」(人の言葉の良いことも悪いことも心して聞けば己の糧となります)といふ一首も詠まれた昭憲皇太后。御歌は『類纂新輯昭憲皇太后御集』(明治神宮編)などで読むことができ、国内はもちろん、海外でも高い評価を得られてをります。

瀬をはやみ岩にせかるる滝川の
われても末にあはむとぞ思ふ

——崇徳天皇御製——

第七十五代・崇徳天皇の御製といへば、多くの人が掲出歌を思ひ浮かべることでせう。「滝川の瀬を走る急流よ、岩にぶつかり、飛沫をあげつつもふた手に分かれてゆく急流。けれどもどんなに分かれても必ず末には一つの流れになる。相思ふ心があるならば、たとひ離れ離れになったとしても、必ずまた一つになる」といふ歌意でございます。

『小倉百人一首』にもをさめられた名高い御製。けれどもこの作品以外にも崇徳天皇はすばらしい御製を多く残されてゐます。「あれはててさびしき宿のにはなればひとりすみれの花ぞ咲きける」といふ和歌には、荒れ果てた宿の庭に咲く小さな菫の花を慈しむ大御心が偲ばれます。「さまざまに千千の草木の程はあれどひとつ雨にぞ恵みそめぬる」といふ一首にはあまねく降り注ぐ雨の恵みが語られます。「雨の恵み」は「天(あめ)の恵み」にも通じます。「花は根に鳥はふる巣にかへるなり春のとまりを知る人ぞなき」「見し人にもののあはれを知らすれば月やこの世の鏡なるらむ」といふ御製は『風雅和歌集』にをさめられてゐます。時に繊細にさまざまないのちにまなざしをお向けになり、時に自在に普遍的な事象もお詠みになられた崇徳天皇。和歌を大切になさり、藤原俊成らとも御親交の深かった日々でございました。個性豊かな作品も多く詠まれた崇徳天皇。御苦労の多かった日々ではございましたが、御心のお優しさ、まなざしの豊かさは御製が今も後世に語り継ぎます。

花すすき穂ずゑにうつる夕日影
うすきぞ秋のふかき色なる

——後宇多天皇皇后姈子内親王御歌——

第九十一代・後宇多天皇皇后であらせられる姈子様は「遊義門院」としても知られてをります。『玉葉和歌集』などの勅撰和歌集に二十七首もの御歌が採択されてゐます。

掲出歌は、「すすきの穂末に映る、淡い夕日のひかりよ。その薄い色こそが秋も深まったしるしでございます」といふ歌意です。一首の中に「うすき」と「ふかき」といふ言葉を入れられつつ、独自の感性で、秋ならではの情景を描き出していらっしゃいます。豊かな感受性。四季の移ろひに向けられるまなざしの繊細さがこの御歌の特色でせう。

「ながむらん人の心もしらなくに月をあはれと思ふ夜はかな」といふ御歌も詠まれた姈子様。「あのかたも今宵の月を眺めていらっしゃるのでせうか。そしてどんなことをお思ひになっていらっしゃるのでせう。お心はわからなくても、ともに仰ぐこの月が愛しく思はれます」といふ相聞歌です。

「うれしのやうき世の中のなぐさめや春のさくらに秋の月かげ」(嬉しいことでございます。つらい世の中の慰めとなります。春の桜と秋の明月のひかりは)といふ御歌も姈子様はお詠みになられました。対句表現も巧みに用ゐられながら、御自身の旋律（しらべ）で和歌をお詠みになられてゐる天性の歌人（うたびと）と呼び得るかたです。夕暮れの空の色も灯火の色も姈子様はお詠みになられました。深まりゆく秋の豊かな色彩を思ひつつ、お偲び申し上げたい国母様でございます。

教へおくひじりの道はあまたあれど
なすは一つの誠なりけり

——後龜山天皇御製——

第九十九代・後龜山天皇は南朝方最後の天皇として知られるかたです。南北朝に分かれてゐた苦難の歴史に終止符をお打ちになるために、熟慮に熟慮を重ねられ、つひに南北朝合一といふ大きな御英断をされました。南朝の中にも強硬論を主張する人がゐる中、すべては民の疲弊や犠牲、苦難をこれ以上のものとしないための御判断だったと語り継がれます。

北朝を擁護してゐた室町幕府三代将軍・足利義満の提案をお受けになることが、どれほどの御心痛でいらっしゃったのかを思ふと、堪へに堪へてくださった大御心を思はずにはゐられません。

掲出歌は古来、『後龜山院千首和歌』として語り継がれた御製ですが、同母兄でいらっしゃる第九十八代の長慶天皇の御製だとする学説もございます。「先賢が訓へ、語り継いだ聖につながる道は数多くあれども、それを為すのはたったひとつの誠の心だ」といふ御製。同じ『後龜山院千首和歌』には、「よしあしもわがうゐおきし種なれば人をなにはのうらみざらなむ」といふ御製もございます。「どのやうな状況も己自身の蒔いたものであるならば、他者を恨むことなく受けいれよう」との歌意です。難波といふ地名も盛り込まれた御製——真心の深さも教養の深さも読者に感じさせる一首です。広大な御配慮で「一つの誠」を貫かうとなさった大御心を今後も謹んで語り継ぎたく存じます。御歴代の御製には尊き至宝が数多く実在するのです。

朝霧のたなびく田居(たゐ)に鳴く雁を
留(とど)み得むかもわが屋戸(やど)の萩

――聖武天皇皇后天平応真仁正皇太后御歌――

暑かった夏が終はり、朝晩の寒さが堪(こた)へはじめる季節になると、悲田院や施薬院をおつくりになられた光明皇后（天平応真仁正皇太后）の御心が偲ばれます。困ってゐる人々がゐれば、御心を尽くし、私財を擲って、各地から薬草を取り寄せ、無料で治療を施された国母様。

第四十五代・聖武天皇の御世には、地震や飢饉、天然痘などの疫病が蔓延してゐました。かうした状況を何とか打破されようと聖武天皇は東大寺の大仏を建立されたことでも知られてゐます。幾度となく遷都も実施された聖武天皇。そんな聖武天皇を四十年の長きにわたってお支へになられたのが光明皇后です。

光明皇后の御歌は『万葉集』に三首をさめられてゐます。掲出歌は、「朝露のたなびく田に羽を休めてゐる雁をわが家の庭の萩は引き留めることができるでせうか」といふ歌意です。古来「雁」と「萩」といへば秋を代表する花鳥の取り合はせです。かうした和歌の伝統もお踏まへになられながらお詠みになられた御歌。光明皇后は、他に「大船(おほぶね)に真楫(まかぢ)繁(しじ)貫きこの吾子(あこ)を韓国(からくに)へ遣(や)る斎(いは)へ神たち」といふ、遣唐使の無事を神々様に御祈念くださる御歌もお詠みになられていらっしゃいます。

天地(あめつち)を敬はれ、他者への施しや慈しみをお忘れになることのなかった光明皇后の御心は、時を経て、今も宮家のかたがたに受け継がれてゐます。日本が世界に誇る国母様なのだと存じます。

秋くれば蟲(むし)も物を思ふらむ
こゑも惜しまず鳴きあかすかな

――花山天皇御製――

『古今和歌集』『後撰和歌集』に次ぐ三番目の勅撰和歌集『拾遺和歌集』の成立に重要な役割をお果たしくださった第六十五代・花山天皇。親撰とも、藤原長能らに撰進させたとも語り継がれてゐます。『小倉百人一首』に八首を採択するなど、この『拾遺和歌集』のよさを讃へた一人が藤原定家でした。

六十首以上の御製が勅撰和歌集にをさめられ、歌人としても名高い花山天皇。御製を拝読いたしますと、多くの秋の作品がございます。掲出歌は、「秋が来て物思ひにふけるのは決して人間だけではない。秋は虫たちも物思ひにふけってゐるやうだ。声を惜しむことなく、こんなにも高らかに鳴き声を響き渡らせてゐるのだから」といふ歌意です。平明優美とも称へられる、わかりやすいお言葉を用ゐられつつ、溢れ出す詩心が千年の時を経て読者に伝はります。

「秋ふかくなりにけらしな蟋蟀(きりぎりす)ゆかのあたりに声きこゆなり」といふ御製もお詠みになられた花山天皇。この時代の「きりぎりす」は現在の「こほろぎ」のことです。「わが宿の軒のうら板かずみえてくまなく照らす秋の夜の月」と秋の月も幾首もお詠みになられた花山天皇。四季折々に花鳥風月をお詠み遊ばされた風雅のかたでした。コロナ禍でも天を仰げば名月が変はらず照らす九月。長月とも称されるこの月を「菊月」とも「詠月」とも語り継いだ先人の感性を思ひつつ、花山天皇の御製を味はひたく存じます。

このもとにかき集めたる言の葉を
別れし秋の形見とぞ見る

――近衛天皇皇后多子御歌――

久安六年（一一五〇）、第七十六代・近衛天皇のもとに多子様が入内されました。多子様のお父様は右大臣を務めた徳大寺（藤原）公能です。義理の兄に藤原俊成がゐて、かつての家人には西行もゐたお父様は勅撰和歌集に三十首以上採択されてゐる著名な歌人でした。多子様のお母様も藤原俊成・定家父子を輩出した御子左家の御出身です。かうした御両親をお持ちの多子様は、和歌はもちろん、琴や琵琶の名手としても語り継がれます。

『千載和歌集』にをさめられた掲出歌は、お借りになられた「三十六人集」（三十六歌仙の家集を集成したもの）を返さうとなさった際に亡き父君のお書きになられた草子（綴ぢられた書物）と出会はれた時の御歌です。「このもとにかき集めたる」には、「木の本に掻き集められたる」とともに、「子の許に書き集められたる」の二つの意味が掛けられてゐます。四十七歳で亡くなった父君の思ひ溢れるものを「秋の形見」と御覧遊ばされた多子様。近衛天皇が十代でお隠れになられた後は、第七十八代・二條天皇の強い御要望を受けられ、再び入内された御生涯でした。この折の「知らざりき憂き身ながらにめぐり来ておなじ雲居の月を見むとは」といふ御歌もよく知られてをります。二條天皇崩御後は、出家され、数十年にわたって両天皇の御魂を大事に弔はれました。「ほととぎす鳴きつるかたを眺むればただ有明の月ぞ残れる」の歌で知られた徳大寺実定は多子様の実の兄君です。

秋の田のかりほの庵の苫をあらみ
わが衣手は露にぬれつつ

——天智天皇御製——

最も有名な御製といへば、『小倉百人一首』巻頭の天智天皇の掲出歌を挙げる人も多いのではないでせうか。作者名には諸説ございますが、撰者の藤原定家は作者を「天智天皇」だとしてゐます。天智天皇・持統天皇といふ父子の御製から始まる『小倉百人一首』は最後の二首も実は後鳥羽天皇・順徳天皇といふ父子の御製です。天智天皇御製から編んだ定家の意図を思はずして我々は『小倉百人一首』を真に理解することはできないでせう。

「かりほの庵」は「稲刈りのための仮小屋」です。「苫をあらみ」は「苫の編み目が粗いので」といふ意味です。「秋、いよいよ稲を収穫する季節。稲刈り用の小屋の屋根は目が粗く、夜露でわが袖が濡れてゐる」といふ歌意です。「かりほ（仮庵）」には「刈り穂」が掛けられてゐます。

第三十八代であらせられる天智天皇。日本最初の全国的な戸籍と称される「庚午年籍」をおつくりになられた天智天皇は税制を整へられ、「漏刻（水時計）」を御活用されたことでも知られます。『日本書紀』『万葉集』に四首の御製が残る天智天皇は「わたつみの豊旗雲に入日さし今夜の月夜さやけかりこそ」（大海原に旗のやうにたなびく雲間に夕日が光る。今宵の月はさぞ清く明るいものとなるに違ひない）といふ御製もお詠みになられました。秋の実りの時期にはぜひとも思ひおこしたい天子様です。古書では特別な敬意を籠めて「天命開別天皇」といふ表記が用ゐられてゐます。

飛鳥川水漲（みなぎ）らひつつ行く水の
間（あひだ）もなくも思ほゆるかも

—舒明天皇皇后寶皇女（齊明天皇）御詠—

舒明天皇の皇后として知られる寶（たから）皇女は、のちに第三十五代・皇極天皇、重祚なさって第三十七代・齊明天皇となられたかたです。天智天皇、天武天皇の御尊母でもあらせられます。国民の疾病や病苦を常に案じてくださり、皇極天皇元年に大旱魃がおきた際、農民が苦しんでゐることをお知りになられました。担当者が読経したものの雨がいっこうに降らなかったため、御親ら（みづから）明日香村の川上に行幸され、天地四方を拝されて雨乞ひの御祈願をしてくださったさうです。こののち雷が鳴り、五日間に亙（わた）って雨が続いたため、農民は心から感謝したと語り継がれます。

寶皇女のお詠みになられたもののなかでは、皇孫「建皇子」がわづか八歳で薨去された際の挽歌がよく知られてをります。掲出歌はその中の一首で、『日本書紀』に伝はります。「飛鳥川の水が勢ひよく絶え間なく流れていくやうに、いつも建皇子のことが思ひ出されてならない」といふ歌意です。「山越えて海わたるともおもしろき今城の中は忘らゆましじ」（紀の国の温泉へ行幸に向かふ際、山を越え、海を渡ってすばらしい景色に出会へても、建皇子ほどかけがへのないものはなく、皇孫を決して忘れることはない）といふ挽歌もお詠みになられました。遙かな歳月を経て、今なほ御心が現代の人々にも伝はります。実りの秋。澄み渡った青空の向うで、寶皇女と建皇子が笑顔でお暮らしになられていらっしゃることを心より祈念申し上げたく存じます。

後世に語り継ぎたい御製と御歌

十月

日にそへてただしき道の嬉しさは
つつむ袖なく国ゆたかなり

——後陽成天皇御製——

平成二十九年は第百七代の後陽成天皇四百年式年祭が執りおこなはれた年でございました。戦乱の世から豊臣秀吉が抜け出し、やがて徳川家康が江戸幕府を開くなどの激動の時代に御在位された後陽成天皇。『百人一首御抄』『詠歌大概御抄』などの宸筆による御著書の他、祕伝の『古今和歌集』解釈を伝授された細川幽斎が戦乱下で命を落としさうになった時、懸命に勅使を派遣されてお護りくださった御事績は和歌に親しむすべての人が認識すべき事柄なのだと存じます。

秀吉から献上された銅活字の器具と印刷書籍を踏まへ、木製活字を用ゐておつくりになった『日本書紀神代巻』『論語』などの慶長勅版は広く知られてゐます。故（ふる）きを温（たづ）ね、先人の叡智や真心に学ぶことの大切さを御理解されてゐた後陽成天皇。御親（みづか）ら『詠歌大概』『伊勢物語』『源氏物語』などを講じることもおできになられました。

掲出歌は天正十九年（一五九一）十月六日に臣下とお詠みになられた『一夜百首』の中の御製です。文禄五年（一五九六）正月二十日からの『五日百首』でも、「まもれなほ国にただしき道しありて神の恵みをあふぐてふ代は」との御製をお詠みになられてゐます。共通する「ただしき道」といふお言葉。後陽成天皇は今なほ人として誠の道を歩む尊さを語り聞かせてくださってゐるのです。国の豊かさは決して経済指標のみで測るものではなく、心や文化の豊かさとこそ通じるものなのだといふことを気づかせてくださいます。

わが背子と二人見ませばいくばくか
この降る雪の嬉しからまし

――聖武天皇皇后天平応真仁正皇太后御歌――

第四十五代・聖武天皇のお后であらせられる光明皇后（天平応真仁正皇太后）。やがて聖武天皇となる首皇子のお妃となられたのは十六歳の時でございました。以後、天皇が崩御するまで、お二人は四十年に亙って連れ添はれてをられます。聖武天皇と言へば東大寺の大仏建立も知られてをります。即位してゐた天平期には災害や天然痘などの疫病が蔓延してをりました。そのため天皇は大仏や国分寺建立の他、遷都をおこなって、災ひから逃れられようとなされました。二十九歳で皇后となった光明皇后は疫病で苦しむ人々に何かできないかと私財を擲たれ、各地から薬草を取り寄せられ、無料で治療を施されたのです。これが有名な施薬院でございます。驚くべきことに皇后様自ら治療を手伝ってをられました。皇后様は孤児や貧窮者を援（たす）けるための悲田院も設立されました。身寄りのない人々に向けられるまなざしの温かさ。都大路に並木をつくる際、飢ゑに苦しむ人々に役立てばと皇后様は梨や桃の木を植ゑることも御提案されてゐます。

掲出歌は、『万葉集』にをさめられてをります。「あなた様ともしも二人で見ることができましたならどんなにか今降ってゐるこの雪が嬉しいものに思へたことでせうに」といふ御歌。『万葉集』には四首の光明皇后の御歌が残ってゐます。困ってゐる人がゐれば、わがことのやうに手を差し伸べられ、弱者への御尽力を厭はられなかった光明皇后。私たちが忘れてはならない尊き国母様なのだと存じます。

四つの船早帰り来（こ）としらかつく
我（あ）が裳の裾に鎮（いは）ひて待たむ

——孝謙天皇御製——

平成三十年は第四十六代天皇の孝謙天皇が御生誕されて千三百年となる年でした。養老二年（七一八）にお生まれになられ、お父様は聖武天皇、お母様は光明皇后（天平応真仁正皇太后）です。孝謙天皇は重祚なさり、第四十八代の称徳天皇としても知られてをります。

掲出歌は『万葉集』巻十九にをさめられた御製です。「そらみつ大和の国は水の上は地ゆくごとく船の上は床に居るごと大神の鎮へる国ぞ四つの船船の舳並べ平らけく早渡り来て返り言奏さむ日に相飲まむ酒ぞこの豊御酒は」といふ長歌に続いた御製でした。「日本国は水上は地上を行くが如く、船上は床の上にゐるが如く、大御神様がお護りくださる御国です。四隻の遣唐使船が船の舳先を並べ、つつがなくかの国に渡り、帰り来て復命を奏上するとき、この美酒はその折に共にいただくものにございます」といふ長歌でした。掲出歌は、「四隻の船よ、無事に役目を終へて早く戻ることができますやうにと、「しらか」（麻や楮を細かく裂いて白髪のやうに束ねたもの。御神事で活用）を付けた我が裳の裾に祈りをこめて待ってをります」といふ意味の御製です。旅の安全を御祈念くださる大御心は千数百年の時を経て今なほ語り継がれます。この御製は天平勝宝四年（七五二）に出航した遣唐使らに贈られた和歌でした。孝謙天皇の御生涯は現代でも三田誠広さん、玉岡かおるさんなどの小説、里中満智子さんらの漫画でも描かれてをります。

さしいづる朝日のそらの鶴のこゑ
おのが心も晴れわたるらし

――光格天皇皇后欣子内親王御歌――

第百十九代・光格天皇は天明の大飢饉に見舞はれた際、命がけで当時の将軍徳川家斉に「民草に露の情（なさけ）をかけよかし代々の守りの国の司は」といふ御製をお送りになられた天皇としても知られてをります。禁中並公家諸法度があった時代に厳罰さへも御覚悟の上、民のために行動なさった光格天皇。和歌を愛し尊ばれたかたでございました。そんな光格天皇の皇后であらせられた欣子様も歌の道にたいへんお励みになられ、「新清和院御集」を遺されてをられます。

第百十八代・後桃園天皇の第一皇女にして、唯一のお子様でいらっしゃった欣子様。「池みづも千年すむらむみどり添ふ岩根の松のかげをうつして」「まづむかふ心もともに涼しきは天つ星合のそらにぞありける」といった、悠久の歳月やスケールの大きな御歌もお詠みになられました。天地への敬意をお持ちになり、自然を尊ばれ、「わが君」や「国の民」への想ひも豊かでいらっしゃったことが数多（あまた）の御歌からも偲ばれます。

「天の河ながれて絶えぬちぎりとは秋のこよひの空にこそ知れ」といふ御歌もお詠みになられた欣子様。天高く澄みわたった秋の空を想ふ時、御歴代の御製や御歌に思ひ至ります。『万葉集』の頃から和歌に詠み継がれた「鶴（たづ）」。亀と共に長寿の象徴と言はれる鶴は千羽鶴として祈りを届ける鳥でもございます。時代を超えていついつまでも鶴の優雅な姿が天空を飛びゆく平和な日本であってほしく存じます。

朝な朝な神の御前に引く鈴の
おのづから澄むこころをぞ思ふ

――靈元天皇御製――

令和元年には大嘗祭が執りおこなはれました。天皇陛下が御即位後はじめて皇祖および天神地祇に新穀をお供へし、共にいただかれる儀式。収穫を祝ひ、五穀豊穣をお祈りくださる儀式として今に受け継がれてゐます。かつて、長らくこの大嘗祭が跡絶えてゐた時代、朝儀の大典の復興に御尽力くださったのが靈元天皇でした。禁中並公家諸法度が存在した江戸時代、どれほどの強い御覚悟と御信念で朝儀の復興にお取り組みくださったことでせう。

靈元天皇は、「敷島のこの道のみやいにしへにかへるしるべもなほ残すらむ」(いにしへから歌ひ継がれてきた和歌【敷島の道】。それこそが遙かな御祖先である神々の世界に帰る道しるべとして今なほ残ってゐることだ)との御製もお詠みになられていらっしゃいます。生涯に六千首もの御製をお詠みになられた靈元天皇。御歴代の中でも特筆すべき歌数の多さです。

靈元天皇といへば、お父上であらせられる後水尾天皇への孝養心の篤さでも知られてをります。「たらちねの」といふ「親」を導く枕詞を用ゐられた御製の多さにその御心が偲ばれます。「狩人にありか知られて鳴く雉(きじ)は身にかへてとや子を思ふらむ」といふ御製もお詠みになられた靈元天皇。わが身に代へても子を守りたいといふ雉の親心に焦点をあてられた大御心のあたたかさ。令和の御世の大嘗祭を靈元天皇はどのやうな思召しでお見護りくださっていらっしゃったでせうか。

たづさへて登りゆきませ山はいま
木木青葉してさやけくあらむ

――上皇后陛下御歌――

令和元年の秋は十月二十二日の「即位礼正殿の儀」、十一月十四日・十五日の「大嘗祭」と、重要な儀式が続きました。この時期にあらためて思ひおこした御歌は、平成五年に発表された上皇后さまの掲出歌でした。この御歌には「皇太子の結婚を祝ふ」といふ詞書を記されていらっしゃいます。登山がお好きな今上陛下のことをお踏まへになられた、上皇后さまだからこその贈りものの御歌です。

平成元年八月四日の践祚後初の記者会見で、「陛下のご即位後の一年は、先帝陛下のみたまをお偲びする諒闇の一年でもあり、この大切な時期に過去のことをよく学び、これからの自分のあり方について考えたいと思います。また、陛下が、今までにも増して重い責務を果たしていらっしゃるのですから、日々のお疲れをいやす安らぎのある家庭を作っていきたいと願っています」とお話になられていらっしゃった上皇后さま。今、天皇・皇后両陛下はどのやうな御心で掲出歌の親心を御覧遊ばされることでせう。上皇さま上皇后さまがお見せくださった尊きうしろ姿。あたたかき御心。御製と御歌はそのままおふたかたへの道しるべであり、新たな日々への礎であらせられることと存じます。わづか三十一（みそひと）文字の和歌がこの国で脈々と受け継がれてゐるのは、親から子へ、子から孫へと贈られた「言葉の御守」でもあるからだと存じます。御製と御歌――それは常に後世への祈りとぬくもりの〝尊き贈りもの〟なのではないでせうか。

天の原雲吹きはらふあきかぜに
山の端たかく出づる月かな

――後鳥羽天皇御製――

第八十二代天皇でいらっしゃった後鳥羽院は文武諸道に秀でたかたとして語り継がれてゐます。その中でも和歌は特筆すべきものでした。院政時代、正治二年（一二〇〇）七月に初度百首和歌を召された際には藤原俊成、藤原定家、慈円、寂蓮らが参加し、同じ年におこなはれた第二度百首和歌には鴨長明らも参加してゐます。建仁元年（一二〇一）には院の御所に和歌所を再興なさり、この年に藤原定家らに撰進をお命じになられたのが、あの『新古今和歌集』でした。この編纂に深くたづさはられ、完成後も「切継」と呼ばれる改定作業をお続けになられてゐたさうです。定家の日記『明月記』には『新古今和歌集』成立に後鳥羽院がどれほどお関はりになられたのかが克明に記されてゐます。中世屈指の歌人と称される後鳥羽院。さまざまな勅撰和歌集に二百五十首以上の御製が採択されてゐます。

掲出歌は後鳥羽院の秋の御製です。「ながむれば涙しぐれとふる里に思ひもいれじ秋の夜の月」「あれにける高津の宮をきてみればまがきの蟲やあるじなるらむ」といふ御製もお詠みになられた後鳥羽院。古来「眺め」に「長雨」が掛けられることを重々御承知の上で、「涙しぐれ（涙時雨）」といふ縁語を用ゐ、さらには「涙しぐれ」が「降る」と、「ふる里」をお掛けになるなど、和歌の修辞法を変幻自在に御活用なさるかたでした。秋の夜長には輝く月を仰ぎつつ、後鳥羽院の御製をお偲び申し上げたく存じます。

咲きぬればよそにこそ見れ菊の花

天つ雲居の星にまがへて

――圓融天皇皇后媓子御歌――

第六十四代・圓融天皇は風流文雅のかたとして知られてをります。和歌を能くなさり、勅撰和歌集にも二十首以上が採択されてゐます。そんな圓融天皇の皇后として知られる媓子様も和歌をお好みになられ、折に触れて御歌をお詠みになられました。掲出歌は勅撰和歌集二十一代集のうちの十九番目、『新拾遺和歌集』に採択されたものです。「黒戸の前に菊を植ゑられたりけるを」といふ詞書のついた御歌です。あざやかに咲く菊の花を、「天つ雲居の星」と見まごうほどだとお感じになられた感受性。「天つ雲居」は大空にも宮中にも使はれた言葉です。媓子様は幼い頃から信仰心を豊かにお持ちになられ、神社に御参拝なさる際には御乗物を召されず、必ず徒歩で往復なさったさうです。

天元二年（九七九）、媓子様がお亡くなりになった際、圓融天皇は「思ひかね眺めしかども鳥部山はては煙も見えずなりにき」といふ御製をお詠みになられました。御葬送の翌朝にお詠みになられた挽歌だったさうです。「思慕の情は尽きることがなく、京都の東山にある鳥部山のほうを眺めたけれども、とうとう煙も見えなくなってしまった」といふ歌意の挽歌です。千年の時を経ても、圓融天皇の御心が読者に伝はるのではないでせうか。十二歳年下の圓融天皇からこんなにもすばらしい御製を人生最後の贈りものとして賜られた媓子様。色とりどりの菊の花を眺めつつ、思ひおこしたい国母様です。

ひさかたの空はへだてもなかりけり

地(つち)なる国は境あれども

——明治天皇御製——

明治天皇がお詠みになられた御製といへば、「よもの海みなはらからと思ふ世になど波風のたちさわぐらむ」(「四方の海」に囲まれた国々は皆、兄弟である「同胞」同士なのに、どうしてこんなにも騒乱や戦争がおきてしまふのか)といふスケールの大きな世界観が特色の一つです。

掲出歌の「地なる国は境あれども」は「地上の国々には国境があっても」といふ意味です。「ひさかたの」は古来「天」や「空」を導く言葉として知られた枕詞です。「大いなる空は今日も広がり、どこまでも隔てるものがないなあ」といふ上句。この自然観がまさに聖皇の御作品と言へるでせう。

一方、明治天皇は人々に恵みをもたらす大地にも感謝をなさる御製もお詠みになられていらっしゃいます。例へば「すめ神にはつほささげて国民と共に年ある秋を祝はむ」といふ御製。これは「皇神に今年の新穀をお供へして国民と五穀の実り豊かな秋をお祝ひしよう」といふ歌意です。

天を仰ぎ、地を讃へ、天地の恵みと共に歩む幸せを私たちにお示しくださった明治天皇の御製。御生涯でお詠みになられた九万数千首の御製一首一首が後世への恵みの稲穂なのかもしれません。御製や御歌を学ぶといふことは御歴代の大御心に触れ、魂への栄養を賜ることなのだと存じます。時代を超えて、国内外にその豊かな恵みがもたらされることを願ってやみません。

燃ゆる火も取りて包みて袋には

入るといはずやも知るといはなくも

――天武天皇皇后鸕野讃良皇女（持統天皇）御詠――

古来よく知られた御詠といへば天武天皇皇后鸕野讃良皇女（持統天皇）の「春過ぎて夏来る らし白たへの衣乾したり天の香具山」を挙げる人も多いでせう。『万葉集』の一首です。『小倉百人一首』『新古今和歌集』では「春過ぎて夏来にけらし白たへの衣ほすてふ天の香具山」とも表記されてゐます。後に「歌聖」と称へられた柿本人麻呂を重用なさり、藤原不比等らを用ゐられて「大宝律令」を完成させられた持統天皇。天皇を中心とした二官八省の中央集権統治体制が明示されたのが大宝律令でした。私たちが今日用ゐてゐる「日本」といふ国号は大宝律令で定められたものです。一代一度の大嘗祭は天武天皇・持統天皇の御代に成立したものだと語り継がれ、二十年に一度の神宮式年遷宮も天武天皇の御発意のもと、持統天皇の御代に実施されたことが知られてゐます。

掲出歌は天武天皇が崩せる時にお詠みになれた御詠です。「燃える火でさへ袋に包み入れることができるといふのに、人の魂をとどめることができないとは」といふ挽歌です。「やすみし し我が大君の夕されば」で始まる長歌も詠んでいらっしゃいます。「もし天皇が生きていらっしゃったら、もう紅葉したのかとお聞きになるであらう山を仰ぎ、夜に悲しみ、朝が来れば心寂しく過ごし、粗布で織った喪服袖は乾く間もございません」といふ御心をお詠みになられました。『日本書紀』に「母の徳あり」と記される持統天皇は、『万葉集』に六首の御詠が語り継がれます。

後世に語り継ぎたい御製と御歌

十一月

高き屋(や)にのぼりて見ればけぶり煙立つ
民のかまどはにぎはひにけり

——仁徳天皇御製——

『新古今和歌集』『水鏡』などで第十六代・仁徳天皇御製として語り継がれてゐる一首です。仁徳天皇の作か否かについては諸説ございますが、ここでは『日本書紀』に「聖帝（ひじりのみかど）」と称された仁徳天皇御製として紹介致します。本当に受け継がれるべきはこの歌に詠まれた仁徳天皇の大御心や施政だと思ふからです。

　仁徳天皇が即位されてから数年後、高台に登って辺りを見渡された時、家々からは炊煙（すいえん）があがらず、国民が苦しい生活をしてゐることがうかがへました。都市で炊煙が疎ら（まばら）だといふことは地方ではさらに人々が困窮に喘いでゐるかもしれないと仁徳天皇はお思ひになられました。そして状況改善のために三年間、すべての課税と賦役（ふえき）を免除されたのです。その間、倹約のため宮殿の修繕はおこなはれず、屋根が傷んでも茅の葺き替へをされなかったため、晴れた日には星空が見え、雨漏りもしてゐたと語り継がれてゐます。やがて三年が経った際、かまどからは多くの炊煙が立ち昇ってゐることが確認できました。仁徳天皇は安堵されました。掲出歌はこの時に詠まれたものだと語られてゐます。仁徳天皇は、「もし民が一人でも飢ゑてゐるのならば、君主は親ら（みづから）を責めなくてはならない」と話されてゐました。貧窮者を救はれ、孤児にも扶助されてゐたことが、『日本書紀』に記されてゐる仁徳天皇。民の暮らしを第一にお考へになり、御親らは倹約に徹された天皇の大御心を再びお偲び申し上げたく存じます。

人はよし思ひやむとも玉蘰（たまかづら）
影に見えつつ忘らえぬかも

――天智天皇皇后倭姫王御歌――

第三十八代・天智天皇の皇后として知られてゐる倭姫皇后（倭姫王）は、『万葉集』に四首の歌が残されてをります。「天の原ふりさけ見れば大君の御寿(みいのち)は長く天足(あま)らしたり」（天空を振り仰ぎ申し上げると、天皇の御命はとても長く、天に満ち足りるほどでございます）といふ御歌。これは、天智天皇が「聖躬不予(せいきゅうふよ)」（神聖な御体が危篤になられる状況）の際に倭姫皇后がお詠みになられた御歌でございました。御恢復を祈念され、祈りをこめて詠まれた一首です。

一方、掲出歌は天智天皇が崩御(かむあがり)なされた時にお詠みになられた御歌でした。「人はよし」といふのは、「たとひ他の人が……であらうとも」といふ言葉。「玉蘰」は、「影」にかかる枕詞です。「たとひ他人様がお慕ひ申し上げなくなったとしても、面影が常に見受けられて、決して忘れることができません」といふ一首。母の挽歌を詠んだ連作でも知られる歌人・斎藤茂吉はこれらの御歌を読み、「いづれも切実な悲しみを歌ひ上げた絶唱です」と述べてゐます。

魂の復活があり得ると信じられ、御遺体を本葬前に安置した「大殯(おほあらき)」の時には、天皇の御魂を思はれた長歌もお詠みになられた倭姫皇后。御魂をお思ひなる御心からの御歌が、千三百年以上の時を経て、今も読者の心に響くのではないでせうか。

御生涯の最期にこのやうな御歌を最愛のかたから贈られた天智天皇はとてもお幸せだったのだと存じます。

てらしみよ御裳濯川にすむ月も
にごらぬ波の底の心を

——後醍醐天皇御製——

平成三十年は第九十六代の後醍醐天皇が御即位されて、七百年となる年でした。第九十一代の後宇多天皇の第二皇子であらせられた後醍醐天皇。天皇親政の政治理想をお掲げになり、隠岐への御配流等の艱難辛苦の日々を歩まれた後醍醐天皇は、学問や和歌をとても大切になさったかたでした。掲出歌は「月」に対してお語りになりつつ、穢れを濯ぐ川である「御裳濯川」をお出しになられたところに後醍醐天皇の御心が窺はれます。伊勢の五十鈴川の異称でもある「御裳濯川」。天照大御神様にお誓ひ申し上げても、との御心でいらっしゃったのかもしれません。「御裳濯川に澄んだ影を映す月よ御覧くださいませ。この川の水のやうに濁りなきわが心を」とお詠みになられた御製。時代の濁流の中にあっても天地に恥ぢない生きかたを心がけられていらっしゃったからこそ、掲出歌のやうな御製をお詠みになられたのだと存じます。

「うづもるる身をば歎かずなべて世のくもるぞつらき今朝のはつ雪」といふ御製もお詠みになられた後醍醐天皇。「わが身がこのまま埋もれゆくことを嘆きはしない。けれども世の中が晴れ渡らずに曇ることが辛い、この初雪に接してゐると」といふ歌意です。

名高き「世治まり民安かれと祈るこそ我が身に尽きぬ思ひなりけれ」といふ御製もお詠みになられた後醍醐天皇。忘れることのできない尊き大御心を今後も一首一首の御製とともに後世へと語り継いでまゐりたく存じます。

人知れず心をとめし松かぜの
声をきくにもぬるる袖かな

——後醍醐天皇皇后禧子御歌——

後醍醐天皇の皇后であらせられる禧子様。父君の西園寺実兼といへば、歌人としても琵琶の名手としても知られてをります。「久方の月はむかしの鏡なれやむかへばうかぶ世々の面影」（夜空に照り映える月はいにしへの日々を映し出す鏡なのだらうか。向き合へば懐かしい顔が思ひ出される）といふ歌など、二百首以上が勅撰和歌集にとられたお父様をお持ちになる禧子様。姉君には伏見天皇の皇后で永福門院としても知られ、百五十首もの作品が勅撰和歌集に採択された鏱子様もいらっしゃいます。早くから和歌との縁が深かった禧子様も三十一年の御生涯でさまざまな和歌をお詠みになられました。

「松かぜ」を詠まれた掲出歌。古典では「松」には「待つ」が掛けられてゐることが多くございます。隠岐への御配流等の御苦労も多かった後醍醐天皇へのお思ひはどれ程でいらっしゃったことでせう。禧子様の父君にも「庭の面（おも）にひかでたむくる琴のねを雲ゐにかはす軒の松かぜ」（庭に出した机上には神様にお供へした琴があり、松風が琴の音を空に響かせてゐるやうだ）といふ歌がございます。天の指先のやうに琴を奏でる松風——そんな「松風」を「人知れず」お聴きになられる禧子様。アジアでは不老長寿の象徴とも言はれ、「松竹梅」の筆頭にも挙げられる松は魔除けや神様がお降りになる樹だとも語り継がれてをります。雌雄が同株の松の花を思ひつつ、あらためて思ひおこしたい御歌でございます。

あふぎみよ月日の影も

あまてらす神代は今にくもりあらめや

——後柏原天皇御製——

天皇陛下が御即位を御宣明くださった「即位礼正殿の儀」が令和元年十月二十二日に執りおこなはれました。黄櫨染御袍をお召しになられた天皇陛下が高御座に立御せられたお姿を拝見しつつ、践祚後、二十年以上に亙ってこの即位礼を執りおこなふことのおできにならなかった室町時代の後柏原天皇のことを思ひ返してをりました。

後土御門天皇の第一皇子であらせられる後柏原天皇。後土御門天皇が即位された数年後に応仁の乱が起ったため、両陛下ともたいへんな御苦労をお重ねになられました。けれどもこの二十年以上の歳月の中でも、後柏原天皇は常に万民の安穏を御祈念くださっていらっしゃいました。疫病に苦しむ多くの人々を決してお見捨てにならない聖上であらせられました。

掲出歌は「くもりあらめや」(くもってゐたことがあるだらうか、いやない)といふ反語表現で「あまてらす神代」の尊さ、ありがたさをお詠みになられていらっしゃいます。御歴代が受け継がれ、お護りくださったこの日の本の国。後柏原天皇はたえず国の行く末を見据ゑられ、天皇のあるべき姿を御自身に問ひかけられていらっしゃったのです。御歴代が艱難辛苦の中でもお繋ぎくださった伝統の尊さを令和の御世にも忘れずにありたく存じます。「大嘗祭」の後、明治天皇山陵に親謁の儀がおこなはれた十一月二十八日は、後柏原天皇の御生誕五百五十五年にあたる日でございました。謹んで後柏原天皇の聖徳をお偲び申し上げた次第です。

ここにだに浅くは見えぬもみぢ葉の
ふかき山路を思ひこそやれ

――三條天皇皇后妍子御歌――

「心にもあらでうき世にながらへば恋しかるべき夜半(よは)の月かな」――『小倉百人一首』にをさめられたこの名高い御製をお詠みになられたのが第六十七代・三條天皇です。「秋にまた逢はむ逢はじも知らぬ身は今宵ばかりの月をだに見む」(再び秋に逢へるかわからない身はせめて今夜だけでもこの美しい月を心ゆくまで眺めよう)といふ御製もお詠みになられた三條天皇。

掲出歌はこの三條天皇の皇后であらせられる妍子様の御歌です。古語の「浅し」といふ形容詞は、「平凡だ。情緒が少ない」といふ意味にも用ゐられ、ここでは「決して平凡ではない」といふ意味でお使ひになられていらっしゃいます。「今ゐるこの場所でさへ、決して平凡ではない紅葉。けれどもさらに奥深いところにはいったいどれほどの紅葉が広がってゐることでせう」といふ歌意です。

現状のすばらしさを認識しつつ、さらに「ふかき山路」にもお思ひを馳せることは、紅葉のみならず、学問や歌道の探究にも通じるものがあるのではないでせうか。わかりやすい言葉で奥深い世界を描くことは決してたやすいことではございません。それをみごとに具現化していらっしゃる妍子様の御歌。千年の時を経て、今なほ語り継がれる名歌です。藤原為家が撰者となり、後鳥羽上皇・藤原俊成・藤原定家ら錚々たる歌人の約千四百首を集めた十番目の勅撰和歌集『続後撰和歌集』にもこの御歌はをさめられてゐます。

神世より幾よろづ代になりぬらむ
思へば久し秋の夜の月

——後嵯峨天皇御製——

第八十八代・後嵯峨天皇がお生まれになられたのは承久二年（一二二〇）です。朝廷の復権をめざして、御祖父・後鳥羽上皇が鎌倉幕府執権北条義時に兵を挙げたのは翌年のことでした。これが承久の乱です。御祖父は隠岐に、父君の土御門上皇も土佐へと配流されてしまひます。すでに母君も崩御され、父君とも生き別れになられたため、後嵯峨天皇はたいへんな御苦難を余儀なくされました。それでも先帝が十二歳で崩じられると、承久の乱との御関係が薄かった後嵯峨天皇が御即位となります。四年の御在位の後、二十数年に亙って院政もおこなっていらっしゃいます。

幕府との対立をなさらなかった後嵯峨天皇は和歌をたいへん尊ばれ、三百数十首の御製が語り継がれます。内裏歌壇の復興にも御尽力なさり、二度に亙って勅撰和歌集（『続後撰和歌集』『続古今和歌集』）の撰進をお命じになられました。掲出歌は秋月を御覧遊ばされつつ、神世からの歳月を思はれた御製です。他に「忘れずよ朝ぎよめする殿守の袖にうつりし秋萩の花」（忘れはしまい、朝の清掃に従事してくれてゐる人たちの袖の秋萩の花を）といふ御製もお詠みになられていらっしゃいます。下級官人の仕事とされた清掃従事者にまで御意を馳せられた大御心。勅撰和歌集が完成した際には和歌の浦にある玉津島神社の御祭神・玉津島姫様にも御製をお詠みになられました。天を尊ばれ、人々にも温かなまなざしを向けられた鎌倉時代の天子様です。

さびしさはまだなれざりし昔にて
松の嵐にすむこころかな

——後村上天皇女御嘉喜門院御歌——

第九十七代・後村上天皇の女御であらせられる嘉喜門院様は和歌と琵琶に優れたかたとして知られてゐます。鎌倉幕府滅亡後、後村上天皇の父君・後醍醐天皇の「建武の新政」が始まりましたが、数年後に再び武家政権の室町幕府となりました。後醍醐天皇も後村上天皇もたいへんな御苦労をされてをられます。動乱期だったため、嘉喜門院様の御出自に関しては諸説ございます。長慶天皇と後亀山天皇の御尊母としても語り継がれてゐます。

南朝歌壇の中心的存在のお一人でいらっしゃった宗良親王が『新葉和歌集』撰集のために御詠歌をお求めになられた際に編纂なさったものが、世に知られた『嘉喜門院集』でした。宗良親王は後村上天皇崩御の際の挽歌を高く評価されてゐます。

掲出歌は「さみしく感じたのはまだ山里に慣れてゐなかった昔のことで、今では松に吹く嵐の音も心を澄ませるものに感じられる」といふ歌意の御歌です。「あまつ空雲のみをゆく月かげをこほれる袖にやどしてぞみる」「わけすぐる山また山の白雲に猶ふるさとやへだてゆくらむ」などの御歌もお詠みになられた嘉喜門院様。和歌の伝統をお踏まへになられつつも天性の詩心で独自の旋律（しらべ）の御歌をお残しになられたかたでした。冬の寒さや嵐でさへ、心を澄みわたらせるきっかけとなるものだと捉へられ、受け止められた国母様。苦難さへも魂を磨く糧とされた御心に今なほ学ぶべきものがあるのではないでせうか。

後世に語り継ぎたい御製と御歌

十二月

そのかたちその草木まで全くして
神の心はなほ盛りなり

——伏見天皇御製——

第九十二代・伏見天皇が文保元年（一三一七）に崩御されてから、平成二十九年は七百年の節目となる年でした。幼少期から和歌をお好みになられ、永仁元年（一二九三）には勅撰和歌集の編纂をお求めになられました。この時は撰者間対立があり、中断を余儀なくされたものの、院政をお執りになられた後に再び企図され、正和二年（一三一三）、遂に十四番目の勅撰和歌集『玉葉和歌集』が誕生したのです。

「民やすく国をさまりて天地のうけやはらぐる心をぞ知る」などの民を思し召される御製もお詠みになられてゐる伏見天皇。春夏秋冬それぞれに多くの御製を詠まれました。

御紹介させていただいた作品のやうに「神の心」をお詠みになられた和歌もございます。この御製の「全くして」といふ言葉は、「全うする」「完全に果たす」といった意味の古語。天地（あめつち）のすばらしさや豊かさに、神の御心の麗しさ、お仕事の果てしなさをお感じになられていらっしゃったのではないでせうか。「そのかたちその草木まで」といふ調べのよさ。書も能（よ）くなさり、琵琶や蹴鞠にも秀でてをられた伏見天皇。「星うたふ声や雲ゐにすみぬらん空にもやがて影のさやけき」と夜神楽もお詠みになられてをられます。月も風も鳴き響（とよ）む鳥の歌声も、天地のすべてが大御心に語りかける言の葉と御感得されたのかもしれません。自然との対話を尊ばれた伏見天皇の御製。時を経て今もなほ大自然に表れる「神の心は盛りなり」なのだと存じます。

君が行き日長くなりぬ山たづね
迎へか行かむ待ちにか待たむ

——仁徳天皇皇后磐之媛命御歌——

第十六代・仁徳天皇の皇后でいらっしゃる磐之媛命様。『日本書紀』ではこの御名で紹介され、『古事記』では「石之日売」とも表記されてをられます。

仁徳天皇二年（三一四）に立后なされた磐之媛命様。『万葉集』には「磐姫皇后」の御名で、四首の作品がございます。「皇后の天皇を思ばしてよみませる御歌四首」といふ詞書が添へられた御歌。

掲出歌は、「仁徳天皇様が旅行に出発されてもう何日も経ってをります。山道を探しながらお迎へにあがりませうか、それともひたすらにお待ち申し上げませうか」といふ相聞歌です。

仁徳天皇をお思ひになる御心が時空を超えて伝はってまゐります。「迎へか行かむ待ちにか待たむ」といふ愛誦性のある表現が、今の人々にも理解されやすいのではないでせうか。

「秋の田の穂の上に霧らふ朝霞いつへの方に我が恋やまむ」（秋の田に実った穂並。その上に立ち込める朝霧はやがて消えてしまひます。そんなふうに消え去ってほしくとも、わが思ひは今もこの胸に立ち込めたままでございます）といふ御歌もお詠みになられた磐之媛命様。万葉集最古の作者と語り継がれる皇后様の御一途な御心が偲ばれます。

清少納言、紫式部、小野小町など、平安時代に活躍した女流作家・女流歌人のルーツとなる相聞歌は、実はこの磐之媛命様の御歌なのかもしれません。

今更にわが私（わたくし）を祈らめや
世にあれば世を思ふばかりぞ

――花園天皇御製――

「徳なくて上に立つことを恥ぢよ」――これは『誡太子書』に記された第九十五代・花園天皇のお言葉です。皇太子になられた甥の量仁親王（後の光嚴天皇）を訓誡するためにお書きになられたものとして知られてゐます。花園天皇は鎌倉末期、政治が混迷する中、御即位されました。十二歳でいらっしゃったため、始めの五年は父君の伏見上皇が院政をなさり、その後の五年間は兄君の後伏見上皇が院政を敷かれました。その間、熱心に御学問に励まれた花園天皇には、「あし原やただしき国の風としてやまと言の葉末もみだれず」といふ御製もございます。「葦の茂る豊かな国よ。わが国の大事な風儀として和歌の道は将来も乱れることがないでせう」といふ歌意です。花園天皇は『風雅和歌集』では真名序・仮名序もお書きになられました。「正しき風、古の道、末の世に絶えずして、人のまどひをすくはんが為」（仮名序）と記された花園天皇は、「国の風」（古来伝はる国の有り様、ならはし）を大切にされました。和歌はその重要な役割を果たすものだったのです。

御紹介した御製は、「今さら私個人のことを神に祈ることがあるでせうか、天皇としてただ世の中にあって世の中の幸せをひたすら祈るばかり」だといふ歌意です。民のためなら、わが命に代へてでもと天照大御神様にお誓ひになられていらっしゃった花園天皇。代々受け継がれた大御心の根幹にあらせられるものが偲ばれる御製でございます。

君とゆく道の果たての遠白(とほしろ)く
夕暮れてなほ光あるらし

――上皇后陛下御歌――

この一首は平成二十二年歌会始で発表なされた御歌でございます。御成婚五十年をお迎へになられた前年の四月頃のお作だと伝へられてをります。暮れなづむ皇居内を上皇陛下と共に御散策された際のことをお詠みになられた御歌。重ねてこられた歳月を経て、夕暮れの味はひ深さは如何ほどでいらっしゃったことでせう。

上皇后陛下には、「三十余年君と過ごししこの御所に夕焼の空見ゆる窓あり」といふ御歌もございます。お二人で歩まれ、御覧遊ばされた美しき夕映え。天地がおふたかたの歩んでこられた道のりを祝福されていらっしゃるかのやうな光景だったのだと存じます。

上皇后陛下の御歌は、国内のみならず、今後も世界じゅうで長く愛されていくものだと存じます。「初夏の光の中に苗木植うるこの子供らに戦あらすな」とお祈りくださる御心。「婚約のととのひし子が晴れやかに梅林にそふ坂登り来る」「母吾を遠くに呼びて走り来し汝を抱きたるかの日恋ひしき」「旅立たむ子と語りゐる部屋の外雀来りていつまでもをり」とお詠みになられたお母様の御心。平成最後の年の瀬には、あらためて謹んで一首一首拝読申し上げ、長きにわたる貴きお務めに心から感謝を申し上げつつ、御譲位後の両陛下にあまねく豊かな「光」がいついつまでもふり注がれることを願ひ、合掌をしながら、親子月とも呼ばれる師走の雲居の月を仰ぎ居りました。

烏羽玉（うばたま）のよすがら冬のさむきにも
つれて思ふは国たみのこと

――孝明天皇御製――

百巻に及ぶ『近世日本国民史』を著した徳富蘇峰は「維新の大業を立派に完成した其力は、薩摩でもない、長州でもない、其他の大名でもない。又た当時の志士でもない。畏（おそれ）多くも明治天皇の父君にあらせられる　孝明天皇である」と語り残してゐます。名高き「あさゆふに民やすかれと思ふ身のこころにかかる異国（ことくに）の船」といふ作品をはじめ、孝明天皇の御製を拝読いたしますと、いかに国民のことを思し召されていらしたのかに感動致します。

安政の大地震さらには内裏の炎上といふたいへんな御苦難の際にも、「我よりも民のまづしきともがらに恵ありたくおもふのみかは」とお詠みになられた孝明天皇。火災に遭はれた御自身よりも「民に恵みがあってほしい」と御祈念くださった大御心を忘れずにありたく存じます。孝明天皇は「火におよぶほどは我らにかぎらねば同じ友にも恵もらさむ」ともお詠みになられました。「火災に遭ったのは私たちだけではないので、ぜひ同じ境遇の国民にも恵みがもたらされてほしい」と御心を寄せてくださったのです。

掲出歌の「烏羽玉（うばたま）の」は「ぬまたまの」とも表記される枕詞です。「夜」「闇」「黒」などを導く言葉として知られます。冬の夜の寒さにつけても国民は大丈夫だらうかと御心をくだいてくださる聖慮。この大御心を学ばずして、明治維新もその後の日本の歴史も決して語ることはできないのだと思ふ令和の風冴ゆる季節です。

ふる雪にしられぬほどにまじる雨の
くれゆく軒に音を立てぬる

――伏見天皇皇后鏱子御歌――

第九十二代・伏見天皇皇后であらせられる鐔子様は、歌人として知られた太政大臣・西園寺実兼を父君にお持ちでいらっしゃいます。「永福門院」としても知られ、勅撰和歌集には百五十首もの御歌がをさめられてゐます。

伏見天皇・鐔子様が影響を受けられた歌人・京極為兼は当時、技巧ばかりに偏重した和歌のありかたに疑問を呈し、和歌とはいかなるものなのか、どのやうな姿勢で向き合ふべきかを真摯に摸索しました。伏見天皇・鐔子様はかうした思ひに御共鳴なさり、凝り固まった伝統技法に頼られない、自由な表現への挑戦をおこなはれました。主流派からは反撥もあったものの、近年ではその自然詠が高く評価されてゐます。古来、雪といへば雪だけを詠むものが多かった中、あへて雪に混じる微かな雨に着目なさり、その僅かな音が響き奏でる世界を詠まれた繊細さ。鐔子様の冬の御歌には次のやうな作品もございます。「さむき雨は枯野の原にふりしめて山松風の音だにもせず」――冷たい雨が降りしきる中、山松風の音さへしないといふ静寂を丁寧な筆致で表現された描きかた。きめの細やかさは令和の時代にも学ぶべきものがあると存じます。自然への確かな敬意とまなざしがあればこそ、天地（あめつち）に風雅の種を見出し得るのではないでせうか。伝統を享受するのみならず、さらに磨き深めていかうと切磋琢磨なさる御心。故（ふる）きを温（たづ）ねて新しきを知る豊かさをあらためて思ひおこさせてくださる鐔子様の御歌です。

なさけある昔の人はあはれにて
見ぬわが友と思はるるかな

――伏見天皇御製――

御歴代の中でも「書聖」と語り継がれる、書の達人の第九十二代・伏見天皇。『玉葉和歌集』の編纂をお求めになられるなど、和歌にもたいへん御造詣の深い天皇であらせられました。古語の「なさけ」は「思ひやり」の他、「趣」や「風雅を解する心」といふ意味にも用ゐられます。情趣ある昔の人のすばらしさ。それを思し召されつつ、偉大な先人を心の友のやうにお感じになられた大御心。君子や賢人の生き方を常に学ばれ、心の対話をお重ねになっていらっしゃったのだと存じます。『玉葉和歌集』には「いたづらにやすき我が身ぞはづかしき苦しむ民のこころ思へば」との御製もございます。人々の争ひが続き、疫病もあった時代です。苦しむ民に御心を寄せられ、御自身が安寧なところにいらっしゃることを「はづかし」とお感じになられ、常に民の平穏無事をお祈りくださりました。

新型コロナウイルス感染症の状況を伏見天皇は天からどのやうに御覧遊ばされていらっしゃることでせう。伏見天皇の第二皇女の章義門院（誉子内親王）に「春をしたふ心の友ぞあはれなる弥生のくれの鶯の声」といふお歌もございます。春を慕ふことでは鶯も同じ心の友なのだとお感じになられたお心は父帝から受け継がれた自然観そのものなのだと存じます。偉大な先人も共に生きる民にもあたたかなまなざしを手向けられた伏見天皇。年の瀬に今一度思ひおこし、御心を後世に語り継いでまゐりたく思ひます。

さまざまのものおもひせしのちにこそ
うれしきこともある世なりけれ

——昭憲皇太后御歌——

コロナ禍で年末年始も患者を助けるために尽力してくださった医療関係者がどれほどいらっしゃることでせう。たいへんな状況下で仕事を失った人、家族を亡くした人も少なくないのが実情です。苦しい思ひの中、新たな道を摸索せざるを得なくなった人が、全国に多くゐるのではないでせうか。

掲出歌は明治四十一年に公表された昭憲皇太后の御歌です。前年に東京株式相場が暴落し、日露戦争後の恐慌がはじまったと言はれます。明治四十一年には北海道中部以南を中心とする暴風雪があって、家屋倒壊による圧死など亡くなられた人たちは百人を超えました。恐慌と自然災害——かうした状況下でどれほどの人たちが新たな道を摸索するために思ひ悩んでゐたことでせう。そんな時代にお詠みになられた御歌が掲出歌です。直面するさまざまな課題や難題に思ひ悩み、それを乗り越えるからこそ人は成長できる——そんな昭憲皇太后の御心が感じられる御歌です。苦難を体験したからこそ、磨かれるもの。それが次の喜びにつながるのが人の世なのかもしれません。明治神宮のおみくじとしても親しまれる明治天皇の御製や昭憲皇太后の御歌にもこの難局を乗り越えるヒントがあるのだと存じます。社会福祉に御尽力なさり、日本赤十字社の設立と運営にも多大な御貢献をくださった国母様も今を生きる人々に天からエールを贈ってくださってゐるのではないでせうか。

――索引――

【あ】

——部別掲出歌及び掲載号——

【春】

君がため春の野に出でて若菜摘む——
光孝天皇…二〇
平成三十年二月十二日付第十一首

四方の海浪をさまりてのどかなる——
亀山天皇…三八
平成三十年三月十二日付第十三首

風さゆるみ冬は過ぎてまちにまちし——
昭和天皇…五六
平成三十年四月九日付第十五首

園児らとたいさんぼくを植ゑにけり——
上皇陛下…六
平成三十一年一月十四日付第三十三首

雪のうちに春は来にけりうぐひすの——
清和天皇女御尊称皇太后高子…八
平成三十一年一月二十八日付第三十四首

故郷となりにし奈良のみやこにも——
平城天皇…一四
平成三十一年二月十一日付第三十五首

君も臣も身をあはせたる我が国の——
櫻町天皇…四二
平成三十一年三月十一日付第三十七首

婚約のととのひし子が晴れやかに——
上皇后陛下…八〇
令和元年五月二十七日付第四十二首

あら玉の年の明けゆく山かづら——
順徳天皇…一〇
令和二年一月十三日付第五十七首

ふる雨のあまねくうるふ春なれば——
鳥羽天皇…二八
令和二年二月十日付第五十九首

春の日の長くなるこそうれしけれ——
昭憲皇太后…三〇
令和二年二月二十四日付第六十首

春あさみ風はさゆれど日だまりに——
香淳皇后…一六
令和三年一月二十五日付第八十二首

岩戸あけし神代おぼえて天つ空——
仁孝天皇…三二
令和三年二月八日付第八十三首

かをとめてとふ人もなき梅園を——
貞明皇后…三四
令和三年二月二十二日付第八十四首

つゆながら濃き紫のつぼすみれ——
桃園天皇…五〇
令和三年三月十五日付第八十五首

雲とみえ雪とまがひて吉野山——
後村上天皇女御嘉喜門院…五二
令和三年三月二十九日付第八十六首

はなに花なびきかさねて八重桜——
後花園天皇…六八
令和三年四月十二日付第八十七首

双の手を空に開きて花吹雪——
上皇后陛下…七〇
令和三年四月二十六日付第八十八首

かくてこそ見まくほしけれ——
醍醐天皇…八六
令和三年五月十七日付第八十九首

【夏】

朝なあさな色とりどりのばらの花——
香淳皇后…五八

平成三十年四月三十日付第十六首
ほととぎす花たちばなの香をとめて――
高倉天皇皇后徳子…九四
平成三十年六月二十五日付第二十首
ほととぎす空に声して卯の花の――
伏見天皇皇后鏱子…一一二
平成三十年七月三十日付第二十二首
夏来てのひとつ緑もうすくこき――
後水尾天皇…八二
令和二年五月十一日付第六十五首
夕立の雲ものこらず空はれて――
伏見天皇皇后鏱子…一三八
令和二年八月三十一日付第七十二首
感染の収まりゆくをひた願ひ――
皇后陛下…八八
令和三年五月三十一日付第九十首
ゆく蛍草のたもとに包めども――
後鳥羽天皇…一二二
令和三年七月十二日付第九十三首

【秋】

国のためうせにし人を思ふかな――
明治天皇…一四六
平成二十九年九月十一日付第一首
花すすき穂ずゑにうつる夕日影――
後宇多天皇皇后姈子内親王…一五二
平成三十年九月二十四日付第二十六首
朝霧のたなびく田居に鳴く雁を――
聖武天皇皇后天平応真仁正皇太后…一五六
令和元年九月三十日付第五十首
ここにだに浅くは見えぬもみぢ葉の――
三條天皇皇后妍子…二〇〇
令和元年十一月二十五日付第五十四首
たなばたの袖やすずしき雲はれて――
光格天皇皇后欣子内親王…一〇二
令和二年六月二十九日付第六十八首
秋くれば蟲もや物を思ふらむ――
花山天皇…一五八
令和二年九月十四日付第七十三首
天の原雲吹きはらふあきかぜに――
後鳥羽天皇…一八〇
令和二年十月十二日付第七十五首
咲きぬればよそにこそ見れ菊の花――
圓融天皇皇后媓子…一八二
令和二年十月二十六日付第七十六首
神世より幾よろづ代になりぬらむ――
後嵯峨天皇…二〇二
令和二年十一月九日付第七十七首
秋の田のかりほの庵の苫をあらみ――
天智天皇…一六二
令和三年九月十三日付第九十七首

【冬】

烏羽玉のよすがら冬のさむきにも――
孝明天皇…二一六
令和元年十二月九日付第五十五首
ふる雪にしられぬほどにまじる雨の――
伏見天皇皇后鏱子…二一八
令和元年十二月十六日付第五十六首

【神祇・賀】

日にそへてただしき道の嬉しさは――
後陽成天皇…一六八
平成二十九年十月九日付第三首
高き屋にのぼりて見れば煙立つ――
仁徳天皇…一九〇

【相聞・親しき間柄】

上皇后陛下…一三四
令和元年八月二十六日付第四十八首

泣きなげきさも人恋ひてながめしと――
後宇多天皇皇后姈子内親王…四八
令和二年三月三十日付第六十二首

このもとにかき集めたる言の葉を――
近衛天皇皇后多子…一六〇
令和二年九月二十八日付第七十四首

【哀傷・挽歌・辞世歌】

人はよし思ひやむとも玉蘰――
天智天皇皇后倭姫王御歌…一九二
平成二十九年十一月二十七日付第六首

逢ふことも今はなきねの夢ならで――
一條天皇皇后彰子…二一二
平成三十年二月二十六日付第十二首

武蔵野の草葉の末に宿りしか――
後水尾天皇皇后和子…一三〇
平成三十年八月二十七日付第二十四首

飛鳥川水漲らひつつ行く水の――
舒明天皇皇后寶皇女（齊明天皇）…一六四
令和三年九月二十七日付第九十八首

燃ゆる火も取りて包みて袋には――
天武天皇皇后鸕野讃良皇女（持統天皇）…
一八六
令和三年十月十一日付第九十九首

【自然】

さしいづる朝日のそらの鶴のこゑ――
光格天皇皇后欣子内親王…一七四
平成三十年十月二十九日付第二十八首

君とゆく道の果たての遠白く――
上皇后陛下…二一四
平成三十年十二月十七日付第三十二首

月ごとに見る月なれどこの月の――
村上天皇…七八
令和元年五月十三日付第四十一首

雲の上に太陽の光はいできたり――
今上陛下…九六
令和元年六月十日付第四十三首

大君と母宮の愛でし御園生の――
皇后陛下…九八
令和元年六月二十四日付第四十四首

たづさへて登りゆきませ山はいま――
上皇后陛下…一七八
令和元年十月二十八日付第五十二首

めづらしき海蝸牛も海茸も――
昭和天皇…四六
令和二年三月九日付第六十一首

岩かげにしたたり落つる山の水――
今上陛下…一一八
令和二年七月十三日付第六十九首

風たちてむらむらわたる雨雲の――
伏見天皇皇后鏱子…一〇六
令和三年六月二十八日付第九十二首

ひさかたの空はへだてもなかりけり――
明治天皇…一八四
令和三年十月二十五日付第百首

【精神】

年立ちてまづ汲みあぐる若水の――
大正天皇…二一
平成三十年一月十五日付第九首

民草に露の情をかけよかし――
光格天皇…七四
平成三十年五月十四日付第十七首

【雑】

本書は神社界の機関紙「神社新報」紙上で、平成二十九年九月十一日付第三三六八号から令和三年十月二十五日付第三五六二号まで百回に亙り連載された「後世に語り継ぎたい御製と御歌」に一部加除修正を加へ書籍に纏めたものです。仮名遣ひ等表記は「神社新報」の体裁に拠ってゐます。

序文執筆者紹介

楠本　祐一（くすもと　ゆういち）

　同志社大学法学部卒業後、昭和四十六年外務省に入省。英国やソビエト連邦（当時）、クウェート国などの大使館勤務ののち、平成元年から三年まで宮内庁侍従を務める。その後、在バンクーバー総領事、在ハバロフスク総領事、在ウズベキスタン特命全権大使などを経て、十九年に外務省儀典長、二十一年に在ポーランド特命全権大使。二十四年に宮内庁掌典職掌典次長を拝命し、二十六年二月から令和元年十二月まで掌典長を務めた。

著者紹介

田中　章義（たなか　あきよし）

　静岡市生まれ。大学一年生のときに第三十六回角川短歌賞を受賞。以後、在学中から角川書店、文藝春秋、新潮社、集英社、講談社などの雑誌に執筆・連載を開始。ＮＨＫや民放のテレビ・ラジオでもレギュラー番組を持つ。「地球版・奥の細道」づくりをめざし、世界を旅しながら、ルポルタージュ、紀行文、絵本等も執筆。世界各地で詠んだ短歌が英訳され、平成十三年（二〇〇一）、当時、世界で八人の国連ＷＡＦＵＮＩＦ親善大使にアジアでただ一人、選出。国連環境計画「地球の森プロジェクト」推進委員長、ワールドユースピースサミット平和大使なども務め、角川書店・サンマーク出版・ＰＨＰ研究所・徳間書店・講談社・マガジンハウス・岩波書店・毎日新聞出版・東京新聞出版局・ワニブックスｐｌｕｓ新書、静岡新聞社等から、これまで三十冊ほどの著書を刊行してゐる。

　ＪＩＣＡ「21世紀のボランティア事業のありかた」検討委員、ＮＨＫ中部地方放送番組審議委員、静岡県文化政策審議会委員などを歴任。國學院大學「和歌講座」講師。「ふじのくに地球環境史ミュージアム（静岡県立博物館）」アドバイザー＆客員教授。

後世に語り継ぎたい　御製と御歌〈普及版〉

令和五年一月一日　初版発行

著　者　田中　章義

発行所　株式会社　神社新報社
〒一五一―〇〇五三
東京都渋谷区代々木一―一―二
電話　〇三―三三七九―八二一一
https://www.jinja.co.jp/

印刷所　中和印刷株式会社

落丁・乱丁本はお取替へいたします
Printed in Japan
ISBN 978-4-908128-36-3　C0092

しかしながら，これだけでは「かけがえのない生命を与えられ，人間として充実した生を生きていく」べき個々の子どもを教育する視点としては，決定的に不充分であることを忘れてはなりません。新たな重要知識や技能を習得し，力強い思考力や問題解決力を身につけ，生涯にわたってそうした力の更新を図っていくことのできる自己学習の力を備えたとしても，それだけでは「有能な駒」でしかないのです。自分自身の身についた有能さを自分自身の判断で使いこなす主体としての力，「指し手」としての力が不可欠なのです。同時に，そうした判断を的確なもの，人間性豊かなものとするための主体としての成長・成熟が不可欠なのです。

我々の志向する「人間教育」は，この意味における「主体としての力」の育成であり，「主体としての成長・成熟」の実現です。我が国の教育基本法が，制定当初から，そして改定された後も，「教育は人格の完成を目指し」と，その第１条にうたっているところを我々は何よりもまずこうした意味において受け止めたいと考えています。

今回「人間教育の探究」シリーズ全５巻を刊行するのは，この意味での「人間教育」の重要性を，日本の教師や親をはじめとするすべての教育関係者が再確認すると同時に，「人間教育」に関係する従来の思想と実践を振り返り，そこから新たな示唆を得て，今後の日本の教育の在り方に本質的な方向づけを図りたいからであります。こうした刊行の願いを読者の方々に受け止めていただき，互いに問題意識を深め合うことができれば，と心から願っています。これによって，我々皆が深く願っている人間教育が，この社会における現実の動きとして，学校現場から教育委員会や学校法人にまで，また教員の養成と研修に当たる大学にまで，そして日本社会の津々浦々での教育にかかわる動きにまで，実り豊かな形で実現していくことを心から念願するものであります。

2020年10月

監修者を代表して　梶田叡一

「シリーズ・人間教育の探究」刊行のことば

「シリーズ・人間教育の探究」として，全５巻を刊行することになりました。このシリーズの企画・編集・執筆・監修に参画した方々と，何度か直接に集まって議論をし，またメールや電話等で意見交換を重ねて来ました。そうした中で以下に述べるような点については，共通の願いとしているところです。

教育の最終的な目標は，ともすれば忘れられがちになるが，人間としての在り方そのものを深く豊かな基盤を持つ主体的なものに育て上げることにある。そのためには，自らに与えられた生命を充実した形で送っていける〈我の世界〉を生きる力と，それぞれの個性を持って生きていく多様な人達と連携しつつ自らに与えられた社会的役割を果たしていける〈我々の世界〉を生きる力との双方を，十分に発揮できるところにまで導き，支援していくことが不可欠である。教育に関わる人達は，お互い，こうした基本認識を共通の基盤として連携連帯し，現在の複雑な状況において直面しているさまざまな問題の解決を図り，直面する多様な課題への取り組みを進めていかねばならない。

あらためて言うまでもなく，科学技術が日進月歩する中で，経済や文化面を中心に社会のグローバル化が急速に進みつつあります。このためもあって今の子ども達は，日々増大する重要な知識や技能を，また絶えざる変化に対応する思考力や問題解決力を，どうしても身につけていかねばなりません。さらには，そうした学習への取り組みを生涯にわたって続けていくための自己教育力を涵養していくことも要請されています。こうした大きな期待に応えるための教育を，社会の総力を挙げて実現していかなくてはならないのが現代です。アクティブ・ラーニングが強調され，ICT 教育と GIGA スクール構想の推進が図られ，外国語教育と異文化理解教育を重視した国際教育の充実強化が推進される，等々の動きは当然至極のことと言って良いでしょう。